言の葉さやげ

◉

目次

JN066945

I

II

言の葉さやげ

I

東北弁

母は東北人であった。

さらに限定すれば、山形県の庄内地方の産である。鶴岡市から二里ばかり離れた在であった。

長野県人であった父に嫁ぎ、大阪、京都、愛知と転々としたが、東北弁はずっとついてまわった。私が物ごころついた頃は、庄内弁をたっぷり浴びていたわけである。母は家のなかではいきいきしたお国言葉を駆使し、世間に対しては標準語を使っていたが、標準語のほうは得意ではなかったらしく、そちらのほうでは寡黙になりがちだった。

家のなかで奔放に庄内弁をしゃべりまくる母は天馬空を行くがごとしであったし、なるべくボロを出さないように、しおらしく標準語を操っているときの母とは、なにか別人のようにみえた。私が言葉というものになにほどか意識的になり、後年詩などを書いて踏み迷う仕儀に至るのも、遠因は母が二刀流のように使う二つの言葉のおもしろさに端を発していたのかもしれない。

母は東北弁にびっくりするような劣等感を持っていて、そのために性格にも内弁慶という弊が出た。私の子供の頃、お歳暮に名古屋の守口漬を東北の親族に発送していたが、松阪屋で母が何軒分かの住所氏名を書いて渡すと、女店員が奥に引込み、それからすぐ女店員数人の笑い声があがった。母は怒りのために赧くなり「山形県西田川郡××村」という住所をみて嗤ったんだと言い張ってきかなかった。子供ごころにもおかしく思い「なにかほかのことで笑ったんだわ」と言っても納得せず、不機嫌になった。山猿なんかばっかり住んでいそうな辺鄙な土地に守口漬ですってさ、そのような嗤いであるという受けとめかただった。昭和十年頃の話である。

母ばかりではなく、この地方のひとびとが自分たちの言葉におそるべき劣等感を持ち、他所に出ると殆んど一言も発せられず、意志を通じることはおろか買物一つ満足に出来ないことに父は憤慨し、他地方へ出ても平然と話せるよう、小さいうちから学校で標準語をきちんと教えるべきである、言葉が人間のハンディキャップになるなんてそんな馬鹿な！　と夕食のときなど、よく一席ぶった。父は母の庄内弁を愛していたが、共通言語世界におけるまま子ぶりを哀れに思ったり、親族一統の不自由ぶりを気の毒に思ったりしたのだろう。

あれから四十年近い歳月が流れた。学校できちんと教えたらどうだという父の願いなんかは軽々と飛び超えられて、今の若者はラジオやテレビの普及により赤ん坊の頃から標準語のヒヤリングが出来ているせいか、東北出身であっても、まったくそれと気づかせない人が多くなった。中年の人はまだ訛によって察しがつき、なつかしさのあまり「お国はどちらですか」と聞いてしまうのだが、悪いことが見つかったような、前科がばれたような顔をされると、ほんとうに困ってしまう。若い人はその訛さえ、きれいに払拭されてしまっている。それでも他地方の人に比べると表現において遠慮がちであり無口であるという弱点を抜け出ていない。

母のくにの言葉が私は好きで、自分の育った三河弁よりもはるかに好きで、いつまでも味方のつもりでいるのだが、ずうずう弁が嗤いものになったり田舎ことばの代表にされるのがいっこうに改まらないのには腹がたつ。無着成恭の山形弁（庄内弁とは異質）が物真似の折必ず出てくるのも憫笑の要素を含んでいるし、社会党の佐々木更三の仙台弁による国会でのやりとりもひんぴんと揶揄の対象にされた。

なぜだろう、嗤いものにする伝統、劣等感を持つ伝統、二つながらに脈々たるのは……折にふれてそのことを考えさせられてきた。

「白河以北一山百文」という言いかたがあり、明治維新のとき、薩長がたが東北地方を嘲笑した台詞であったらしい。徳川がたについた藩が多く賊軍ということもあったろうが、明治になって改めて出てきた観かたではなく、辺境の地で言葉なんぞ聞くに耐えない鄙語であり、利用価値乏しく一つの山でさえ百文くらいの値打ちしかないという、昔ながらの蝦夷地蔑視のほうが、ずっと根深いだろうと思う。

何年か前、平泉を訪れたとき、藤原三代が持っていた文化の濃密さに酔わされた。毛越寺《もうつうじ》跡にはあやめが咲いていて、人気のない大泉池のほとりに立つと、その典雅な造園に京都以上に平安朝文化を強く感じさせられたのはふしぎだった。

京都からみれば「夷狄《いてき》」であり「俘囚の長」であったかもしれないが、しかし藤原氏自身が「東夷の遠酋」などと口走ってしまったのはいただけない。なぜもっと自信満々としていてくれなかったのか、こんなことも東北弁に影響してくるのですよ。ついでに言えば後年マルコ・ポーロに金の国という幻想を抱かせる素因となったほどの財力があれば京文化なんかなぞることはなかったのだ。もっと独創的であるべきだった。

更にさかのぼれば、安倍宗任が捕虜として京へ連れてこられ庭前に引きすえられたとき、公卿たちがからかった。梅を指し「なんの花だ」と。宗任は和歌で即答する。

わが国の梅の花とは見たれども

大宮びとは何といふらむ

方言をからかい、反撃をくらったという、これがわが国の方言問題における文献上の初見なのではないだろうか。それが東北弁であったことが、またこたえるが、宗任の歌はおっとりしたなかに負けてはいないしたたかさを隠していて、見事！　と言ってあげたい気がする。

あれを思いこれを思うが、なぜ侮蔑の対象になるか？　という決定的な真因は摑み出せない。

ふたたび庄内弁に戻ると、横光利一が戦争中、庄内地方に疎開していて朝目覚めると、窓の横を通ってゆく村の娘たちの言葉がまるでフランス語を聞いているようだと感歎して『夜の靴』という随想集に書いていた。

つい最近も或るフランス語教師が、フランス語を喋ろうとするなら東北弁を喋るつもりでやれ、それが一番の近道だと言っているのを聞いた。それがほんとなら東北人はフランス語に通暁するのに決定的利点ありということになる。そしてまた世界で一番美しいと言われているフランス語に似ているのなら、音だけとれば東北弁は日本語のなかでも、もっとも優雅だということになりはしないか。

どこがどう似ているのかよくわからないけれども、たとえば漁師のおかみさんが、しなびきった乳房を臆面もなくはだけ、浜で真黒になって遊んでいる子供たちに叫ぶ。

――まま　喰《ふえ》ええよう！
（ごはんよ、いらっしゃい）

その発音と抑揚は、フランス語の調子と似ていなくはない。町かたでは上方文化が色濃く入っていて、

――お待ちなはして　くだはりまんしょ
（少々お待ち下さい）

京弁に近いものを感じるし、やたらに鼻に抜け、あがりさがりの振幅大きいところは、確かにフランス語に似ているようにも思われ、あながち荒唐無稽の説とも言えないようだ。フランス語に似ているからうれしがるというわけではなく、虚心に聞けばそんな類縁を感じる人もいるというだけのこと。

形容詞に秀抜なものが多く、それというのも長い長い雪に閉ざされる暗鬱な暮しのなかで、せめて言葉ぐらい華やかに賑やかにという意識が代々続いてきたのではない

かしら。

――お前《め》や、葡萄《ぶんど》のような唇して！

「まあ、この子、唇、まっさおよ」というのより、なにほどかなまなましく鮮烈にくる。いい直喩である。

――でって、おら家《え》には宝物《たからもの》多くて困ったもンだ。

（どうも私の家には宝物が多くて困ったものです）

と初老の男性が言うのを聞いたときは、代々からの書画骨董類多く博物館にでも寄付しなければ処置なしという意味かと一瞬思ったら違っていた。話の前後から察するに、離婚して実家に戻ったままの娘がいたり、いつまでも一人前になれないのがでかい顔していたり、居候めくかかりうどがいたりで、しんどいことよというのが真意だった。

その人の人柄もあったろうけれど、辛辣には響かず荷厄介なものを「宝物」という暗喩であたたかく救っていて、いつまでも忘れられないのである。

どこの方言もそうだが、次第に馬齢を重ね、男も女も色気がなくなり、気取りもすっかり取れたころ、はじめて素直に出生地の言葉を受け入れ、おかしかろうが訛がとれなかろうが知っちゃいない、自由自在に口にのぼせるようになる。自分の若い頃のことを思い出すと育った土地の三河弁を出すまい出すまいと気どっていたので、大きなことは言えないが、東北弁擁護のあまり、かの地の若い人ももっと平気で豊穣な語彙をたのしんだらいいのに……といつも残念がる。

グループ・サウンズ華やかなりし頃、農家を継がなければならなかった庄内地方の長男たちが、自分たちも何かの娯しみを創り出そうと楽団を作り、夜な夜な練習した。そしてグループ名を〈ビッキーズ〉とつけた。

このあたりでは蛙のことを〈ビッキ〉と言うから〈蛙ども〉となるわけである。〈蛙ども〉というグループ名では機智に乏しいが、ビッキーズとなると庄内弁と英語の合成語とはいえ、なかなかいい。宗任の子孫たることを恥ずかしめない出来である。

ビッキラ（等）だったら完全な日本語になるわけだが、ビックリが崩れたみたいにもなるから、やはりビッキーズのほうがいい。

京ことば

女が使う京都弁は、実にいいと皆が言う。

男が使う京都弁は、実にいやだと皆が言う。

それで私も長いこと、漠とそのように思いこんできたのだが、三、四度京都へ行く機会を得てからは、まったく別の感想を持つようになってきた。

女の使う京都弁は、長い歴史を持ち、洗練されぬいて、男性の心を幻惑するほどにも魅力的だと言われ続けてきたために、京都の女性たちは、なにほどかの優越感を京言葉に抱くようになったのではあるまいか？

京都の女性同士が、ごく自然にじぶんたちの言葉で日常会話を交しているときは、実にいいなと私も思う。これは絶対にいい。

けれど他国人に対して発せられる場合、往々にして、京言葉になんらかの意識が入りこむ。「ようおまっしゃろ?」「どないどす?」という気持が紛れこむと、京言葉も、とたんに堕落する。とりわけ媚が入りこむと、男性は化かされるかもしれないが、女にとっては気色がわるいばかりである。京言葉が美しいだけに、かえって、げんなりさせられてしまう。

宇治へゆく電車のなかで、中年の女性が、連れの若い、うろんな娘を叱りつけていた。辛辣で、つめたくて、聞いているこちらの身もすくんだ。優雅な京言葉は、怒りや憎悪のとき、べらんめえ口調よりもこわいものに転化することも知らされた。

だいぶ悪口めいてしまったけれど、京の町のなにげない店屋で買物したりすると、他国人に対しても、実にさらさらと美しい京言葉で応対してくれる女性もあり、道をきけば、おばんざいめいた気取りのない言葉で、導いてくれるオバサンもいる。京都の魅力の大きな要素であることは、まちがいない。ただ女の使う京言葉は、もてはやされるだけに、堕落の危険もまた、大きそうだということである。

むしろ、男の使う京都弁が実にいいではないか? と豁然と耳ひらかせてくれたのは、京都の町を流している運転手諸氏であった。

男の使う京都弁は、いやらしいと言われ続けてきたためか、「ききぐるしいかもしれへんけど、これが使いやすいさかい、これでいかしてもらいまっさ」という、つつましさがある。すてきである。

北野天神の近くを通りかかったとき、中年のでっぷり肥った運転手は、小学生の頃、この辺によく写生に来たと、当時のこの辺の、のどかだったことを、いきいきと語ってくれた。京都弁だったからこそ、この人の幼時に私も立会わせてもらえたような気がする。

船岡山の南の、ある寺を、さがしさがして行ったときの運転手の親切さは、いかばかりであったろう。寺の所在番地を知らず、寺だからすぐわかるだろうと思ったのだが、西陣ちかくのこのあたり、小さな寺がひしめいていて、いっこうに探しあてられなかった。フォーク・クルセダーズの北山修にそっくりな、この運転手は、あちらこちらに車をとめ、私以上にハッスルしてしまった。辻々で訊ねてくれたのだが、巡査やら、京都人と交すなにげない会話に、しみじみとした京言葉の良さを感じた。男の使う京都弁がいやらしいというのは、ありゃ嘘だと、私は彼らのために憤慨した。京都へ旅する人は、自分の耳をたよりに、虚心に聴いてみてください。

京に都があったたいにしえ、関東人の発音は、怪鳥のひびきのように、あさましいものに聴きとられていた。今は主として東女たちによって、まったく反対のことが言われている。言語感覚の推移も考えてみれば、いとをかし、である。

春めいてくると、京都のことがおもわれる。京の春を私はまだ知らないけれど、「京都は春が一番いい」と、こまごま力説した初老の運転手がいたからだろう。妻が内職してようやく食えると語った陽気な運転手は、今日も五条のあたりを走っているか……古美術の蘊蓄を傾けつくして、私の頭痛をいやが上にも高からしめた衒学的運転手は、今日も誰かを悩ましつつ行くか……。

一回こっきりの人々ともおもわれず、いつまでもなつかしまれるのは、彼らに、人間としての、確かな実在感があったせいだろう。

そして、実在感のもとはといえば、彼らの淡々とした京言葉に、その大半を負っていそうにおもわれる。

京言葉もはや、一つの地方語となってしまったが、地方語の良さは、労せずして生活感を滲み出させることができる、というに在り、祖先の功徳のようなものだ。

標準語というのは、つくづく、人間や生活感の出しにくい、感じさせられにくい弁だと思う。

「させる」と「使う」

「させる」

編集者のよく使う言葉に「書かせる」という言い方がある。「〇〇に書かせた」「〇〇を××に連れて行ってルポを書かせようとおもっています」などと、ごく普通に言う。

その〇〇たるや、私から見て名実ともにすぐれた学者であったり、作家だったりすると、片腹いたい思いをさせられるし、なんという無神経な言葉使いだろうと、厭になる。

他人に対して使われたものであっても不愉快だし、また陰では「茨木のり子に一度書かせてみたら」などと言うのであろうか……と連想の飛躍するのもやむをえない。さすがに面と向って言われたことは一度もないので、これが失礼な物言いであることは、どこかで気づいているのだろう。

陰で言うにしても、「書いて頂く」「書いてもらった」、いくらも言い方はあろうと思う。凄じい子供を見ると、心ならずもつい「親の顔がみたい」と思ってしまうのと同じで、こういう編集者に出合うと「編集長の顔みたや！」とつながってしまう。編集長自身「○○に書かせろ！」と常時、怒鳴っていて、それが浸滲して大学を出たばかりの青年までが「書かせる」「書かせた」と口走るようになったのではないだろうか？　と推定されるのである。女性編集者がこの言い方をした場合、私のわびしさは極点に達する。

実際、すぐれたジャーナリストは、企画、原稿の点検、おだてたりすかしたり、出版にまで漕ぎつける過程で、著者との共同作業といっていい重要部分を担う。一人のジャーナリストによって、或る触媒を投入され、それによって自分の中に潜在していたものが俄かに渦まき、形をとってくることもある。書かしめられたと感じる場合が多いのは確かだ。たしかに一切の虚飾をはぎとってしまえば、鵜匠と鵜、猿まわしと猿になるのかもしれない。それを明らさまにして何が悪いと言われればそれまでだ。しかし、どう譲歩したところで主体性は五分五分である。私はどこの鵜にも、誰の猿にもなりたくない。さほど有能ではなく、さほどお呼びでもない私がこういうことを言うのは、少々滑稽だが、その、ややずれたところで、我が従いがたい言葉に、ゆっくりピントを合せてみよう。

著述家というものは、知名度が高くなれば高くなるほど尊大になり、内容とは別にいばりかえる。一方編集者は一枚、二枚の原稿で三拝九拝しつつ、そういう人から貰ってこなければならない。くだらないものをと思った場合は、やりきれないだろう。編集者の仕事は幇間に似ていると自嘲した人を知っているが、こうした不満、憤懣がつもりつもって「○○に書かせた」という無意識の言葉を噴出させているのかもしれない。

著者と編集者の間に対等の関係が（収入の点でも）成立していないことへの現れに思われてくることもある。明治時代には気骨あって堂々たる編集者が多く居たように聞かされているが、例えば滝田樗陰——中央公論の編集者は、これと見定めた人のところへは無名であっても、羽織、袴で人力車に乗って現れ、丁重に原稿を依頼したと言われている。この逸話から私の受けとるものは、編集者の大いなる自負・自信と、人が人に物を依頼する根本原理が歴として形をとっていたということである。

電話、電報、速達、喫茶店での会見と形は変ったが、中身はそれ以上に変ってきている。

明治時代より後、編集者の社会的地位は後退しっぱなしなのだろうか。「書かせる」は劣等感から発しているもののようだ。その証拠に、サラリーマン化の進んだ現在でも、「これは！」と思わせられるすぐれた編集者は、こういう言葉を一切口にしない。

次に、こういうことにも気づいている。原稿料の多く出せる大出版社、大新聞になればなるほど、「書かせる」が多く飛び出してくる。小さな出版社で、原稿料は無しか、雀の涙ほど支払って、一冊の本、雑誌を構成していっているところの編集者たちは、恐縮のあまりか礼儀正しく、丁寧である。あたりまえと言えばあたりまえだが、とすると、前者の横柄さは、いやな言い方だが「札束でつらひっぱたく」いやらしさと、まるっきり無関係ではないらしい。個人が個人にものを依頼するのではなく、大きな組織にのっかって口走られる言葉には、ぞっとするほど嫌なものがある。

長く詩を書いてきて、詩はたいてい無料で、現在でもびっくりするような原稿料を貰った経験はないせいか、原稿料ゼロと、一万円受けとったこととの差は、五十歩百歩のものに私には思われる。だったらその場かぎりであっても、すぐれた編集者との人間的交流が持たれ、刺激され、書かねばならぬと思ったときは、原稿料ゼロという、前近代的な悪癖を通過しつつも、意義ありと認めたリトル・マガジンの方に全力投球したくなるわけで、痛切にお金の欲しい時であっても、「ほら、君に書かせてやるよ」などというニュアンスで依頼されたものは、まっぴらごめんである。

私が原稿料一本で、一人で生きていて、尚かつ、こういうでかいことを言えるのであったら、まったく天晴れなのだが、現在の私はそうではない。もし、そうなった時、現在の気持はどう動くか……これは私にとって恐るべき宿題でもある。なんら訂正の必要なく、「おたくに書かせて下さいよ」と縋るぐらいなら別の仕事を選ぶだろう……と思いたいのだが。

さて、度々会う機会のあった若い編集者で、やはりこの言い方を連発した人がいた。今の仕事に生甲斐を感じ、知的好奇心に溢れ、関心のありかにも目をみはるほど新鮮なものがあり、つまりジャーナリズムの一角で、きわめていい仕事を果しそうに思われる若者だった。それだけに、「〇〇に書かせたとき……」という言葉が耳ざわりになってしかたがない。

こちらは相当の年上だし、注意してあげようか……と心が動いてならなかった。それさえ改まれば九十点は進呈できる青年であれば、この際それを指摘することは大いなる親切の筈である。他の人によって減点されることも、こののち免れる筈である。私は胸をどきどきさせながら、しかし、遂に切り出すことができなかった。人の使う言葉に物言いをつけることは、本人にとっては身体的特徴をあげつらわれたと同じくらいに不快になることを、私自身の経験から知っているからである。正論かならずしも人を納得させもしないのだ。

人の言葉の誤謬や不快さを指摘する場合、たいていは大上段にふりかぶるか、からかうか、汚物を見たときのような表情になる。私が言われた場合も、にがにがしげに突き放すように言われた記憶ばかりである。なぜ「あざ笑う」に集約されてしまうのだろうか、考えれば実に実に不思議なことである。

さらっと言い、さらっと聞くという習慣が私たちにはまるでない。その若い編集者に、ついに言えなかった残念な思いが、この稿を書かしめた源になっているともいえる。

物を書く人間にとって編集者批判はタブーにでもなっているのだろうか。不快を感じる人も多かろうと思うのに、このことに触れたものを見聞した記憶がない。「書かせる」という言葉がちらりと垣間みせているように、ジャーナリズムもまた服従しがたい権力となる危険を常に孕んでいる。

たまたま身近な編集者の言葉を例としたが「……させる」というのは、あらゆる職場で横行しているだろう。

社長は「そんなことは秘書にやらせろ」

部長は「あれにやらせたんだが、ダメだなァ」

課長は「○○に調べさせて」

妻は夫に「なによ、それ、やっぱりペンキ屋にやらせた方が早かったわ」などなど。

これらは少しも耳ざわりではないのだろうか。

「そんなことは秘書にやってもらってくれ」

「〇〇君にやってもらったんだが、ダメダナァ」

「なによ、それ、やっぱりペンキ屋さんに頼んだ方が早かったわ」

と、耳ざわりでない言葉へと置換えられるけれども、みな少々長くなる。長くなるけれどもまだるっこしいというほどではない。私自身こういう言い方を習慣づけようと思っている。

たとえば家にきてくれる植木屋さんに、樹を刈らせるのではない、「刈ってもらう」のである。彼はもうおじいさんではあるけれど、約束した日時には、ぴたりと現れる。こちらの希望を聞いて、一日の仕事の段どりを頭に入れて、植木鋏の音をひびかせる。午前中はここまで、午後はこういう具合にと配分よろしく、払った枝は器用に全部燃やし、樹々の根もとへ灰を埋め、下草までとって、これが家の庭かと思うほどさっぱりさせて、夕陽の沈みかかる頃には、スカッと終る。「きれいにして頂きました」と最敬礼したくなるし、この人の仕事ぶりから、賃金以上のことをやってもらったという思いが、私はいつも油然と湧く。その上、何事によらず、ひきうけた仕事とはかくあるべしという、無言の教えまで残していってくれるのである。「やって頂いた」と真底思わせられるためには、仕事の内容が充実していなければならないらしい。職人もさまざまで、「もうあの人にはやらせない」といいきまきたくなるやからも、あるにはある。

先代吉右衛門と、六代目菊五郎とが、花道の揚幕のかげで、出を待って待機しているとき、菊五郎が「今夜は、あいつに飲ませてやるんだ」と放言し、吉右衛門はそれを聞いて、「かかる無神経な言葉を使う役者と共に、舞台をふむのかと思ったら、情なくなった」と書いてある個所が、その日記のなかにあるそうである。誰かが引用しているのを感じ入って読み、記憶されているものだから、細部にわたっての正確は期しがたいが、その時、私は吉右衛門の言語感覚を、きわめてまっとうなものに感じたのである。彼は俳句などもよくしたらしいから、言葉への鋭敏な神経を持っていたのだろう。たとえ自分の奢りであったとしても「今夜あいつと一緒に飲むんだ」と菊五郎は言うべきであったのだ。

テレビに出演していた町の写真屋が、「自分が写真屋であっても、自分の姿を他人に撮らせると……」と言って、即座に「他人に撮ってもらうと」と言い直し、「参考になることが多い」と続けたことがあった。この時にも私は感服した。彼のなかに、うっかり言ってしまったが、この言葉の持つ不遜さを良しとしないレーダーが、咄嗟に働いたのであって、町の写真屋の言語感覚のなかにも、これだけのすぐれたものがあるわけなのだ。そして、このレーダーを、いつ、どこで、どういうふうに、人は獲得するのだろうか？

「使う」

演劇・マスコミ関係の人々が頻繁に使う言葉に「使う」というのがある。

「今度あれを使うことにした」「初めて○○を使ってみたんだが、あれは使えるよ」

使うを用いて指す対象は、俳優であったり、脚本家であったり、音楽家であったりする。ともかくヒトである。しかしこの言葉から浮んでくるのは将棋の駒。この駒を縦横無尽に使える権威は我ぞと錯覚しているのは、プロデューサー、スポンサー、劇作家、演出家などの上層部に限られる。総合芸術なんだから、スタッフはひとしなみに裏方に至るまで、人間的立場は同等であろう。

俳優は、こうした言葉を聞いたとき、大いなる屈辱感を覚え、一矢報いてしかるべきと思うのだが、若い世代で、こうしたことに最も敏感な筈の女優が「センセ、また私を使ってぇ」などと平気で言う。こうした世界の体質の古さ——なにもかも新品で、ぴかぴか輝いているようなメカニックなテレビ局で、飛びかっている言葉の黴くささに、人は一驚を喫しないだろうか？

詩の朗読、ラジオドラマの配役などで、私も相談される立場に立つことがある。そんなとき、「○○を使ってみて」などとは口が裂けても言えない。

またしても菊五郎だが、彼が生前、或る新劇女優を評して「あれは使える」と放言したそうである。女優は喜んで「六代目が私のことを使えるっておっしゃったんですって」とある対談で語っていた。対談者の男性は「そう言った時のTさんの様子は、なんともまことに色っぽい風情であった」と附記していた。

むかしむかし読んだ記憶だが、色っぽかったという表現が出てくるように、男が女に対して「使える」といったときは、変にセクシーなものを纏りつかせることになり、ますますよろしくない用い方に思われる。使われると同時に使うものでもあり、片手落ちこの上もない。

ふだんの話しことばのなかで、私が一番従いがたい「させる」「使う」の二つを頻繁に使ったらしい菊五郎は、そのゆえをもって、舞台以上に記憶され、えらく株を下げてしまっているのは、皮肉な話である。

「使う」もまた、演劇・マスコミ関係だけではなく、社会一般でふんだんに通用している。「わたくしめを使ってやっておくんなさい」という発想も、ごろごろしている。仕事探しで消耗のきわみだったとしても、「私はここで働きたい」という、毅然としたものが欲しいし、「また使ってね」という代り、「あなたとまた一緒に仕事がしたい」と言うべきだろう。一人一人に個人としての矜持が、あまりにも乏しいところに帰着する。単に、言の葉だけの問題ではないのだ。

気にくわなければどうすればいいか、ここに書けば、それで済むものでもないし、私自身そういう言い方はすまいということだけではあまりに弱い。非常に楽しい会話として、つまり今までのような侮蔑的な切って捨てるような指摘方法ではなしに、話題に出来ないものだろうか。

私自身、これらの言葉は、うっかり以外は使わないとしても、これに類したけしからぬ言いまわしを平然としているかもしれぬ。もし、それらをやわらかく、あたたかさをこめて指摘されたら、素直でありたいと思うし、考えてみたいし、従いがたいときには反論したい。

いつか『徒弟の唄』という詩集を送られたことがあった。私は「いとこの唄、御恵送頂き、ありがとうございました」と礼状を出したのだが、その詩人は「茨木さんは徒《ト》弟《テイ》をイトコと読まれるのでしょうか」と、やや悲しげに歎いていたと伝えてくれた人があった。伝えてくれた人がユーモラスに言ってくれたせいもあるが、あまりの我が愚につい笑い出し、そして彼を歎かせたことを真底すまなく思った。こののち生涯、

いだろう。徒弟《トテイ》と従弟《イトコ》を間違うまいぞ、と心に誓ったのも、この人が正眼の構えでこなかったせ

名詞の読みちがえ、音と訓との間違いの指摘などは、わりに素直に自分の非を認められるもののようだ。問題は動詞・助動詞である。動詞類は人の行為と密接につながっていて、下手な指摘は、土足で心にふみこまれたような失敬感を伴うもののようだ。

今まで挙げた以外にも、最近身ぶるいするほど嫌なものに「ＮＨＫさん」「ナショナルさん」「朝日サン」「読売サン」などと企業にさんづけをする言い方である。「アメリカさん」「ソビエトさん」と言うならば「タンザニヤさん」とも言ってくれなければ困る。ふるさとにまで「ふるさとさん」とつく。

これらは慇懃無礼を通りこして、ぶざまである。民族、企業、物の名は、尊称、美称をつけず、そのものズバリの方が、はるかに美しいのだということを、日常の瞬時、瞬時に発した相手に伝えたいときには、どうしたらいいのだろう?

おビールや、おジュースを持ってこられたら、たとえうんと冷えてはいても、「お」一言のために須臾《しゆゆ》にして生ぬるくなったと、伝えたいときには……たぶん、ある種の機智が必要らしいということ以外、今の私にはめどがつかない。

遠大な計画としてなら、いろいろと思いがめぐる。幼い時から小学校の国語教育や、家庭での母親や友人とのやりとりのなかで、何でもなく日頃の言葉をつまみあげて観

察してみる、遊ぶ、考えてみるということが、もっと活発に出来うる筈であろう。考えるヒントは無数にあり、ヒントはヒントのままでもいいのだ。大人になって誰かにその不備を指摘されても、それを恥とか赤面に至らしめない素地は創りうるのではないだろうか。指摘する側も絶大の勇気をもってしなくてもいいような……。

現在の大人たちは、文法上の誤りや、読みちがいや、敬語、訛などには、はなはだ敏感だが、ふだん、人が人に対して用うる話しことばはどうあるべきかに対して、大抜けに抜けているのだ。組織だった国語教育は明治になってからだろうが、それらは表面のうわっつらのさざなみばかりを教えて、言語海の底に住むものを探ってみるということに、きわめて怠惰であったと思う。

文法的には間違っていないが、しかし、なっていない言葉というものがある。「させる」も「使う」もそうであろう。注意すれば、政治家、労組幹部などの口からもしばしば聞かれる。「多くの部下を使って○○させた」という発想と言葉は根本から改められなければならない。

小気味のいい話を一つ紹介しておこう。

一九五〇年頃の横須賀米海軍基地内での出来事である。基地人事部に勤務していた日本人たちが、英語に慣れるため、「イングリッシュ・スピーキング・デイ」なる特別日を設定した。その日は仕事中、日本人どうしでも英語だけを話し、日本語はぜったいに喋ってはならないということになった。それだけではなく、うっかり喋ると「私は日本語を話しました」という罰則の札を首からぶらさげねばならなかった。

或る人が、実際にその札をぶらさげなければならなくなった時、一人の青年は猛然と怒り出した。即座に札をみずからはずしてやり、このようなルールを決めた幹部（日本人）に対し「こんな馬鹿げたことはやめるべきだ」とくってかかり、ついにその罰則を撤回に至らしめた。

常日頃、穏和で、優男と思われていた青年が突如、匕首のように攻撃的であったため、基地人事部の人たちは大いにあわてたということだった。

外国語修得にこういう方法はよく用いられる。自由な立場でのそれであったら、青年は黙過しただろう。占領軍として在る米軍基地内という状況のもとでだから、彼は耐えがたかったのだろう。

青年とは、詩人の川崎洋である。『川崎洋詩集』（思潮社刊・現代詩文庫）の巻末に、このエピソードを紹介しているのは、かつての同僚、戸田進という人である。川崎洋とは二十年にわたる交友だが、初めて知った話であり、日頃の彼からは想像しがたいエピソードでもあった。日常、きわめて機智豊かな人なのだが、この時は機智など発動せしめた形跡はまるでない。カッとなって、ひたすら怒った。あとさきも考えず、相手の思惑も、傷もなんら想像せずに、ましてや、ようやく就職できた自分の立場など念頭にも浮ばなかったらしい。

言葉といえども従いがたいときには、このように全身全霊をもってするのが本当なのだろうか？　この話にひどく打たれて、かかる蛮勇の大切さも深く心にとどまった。

「戒語」と「愛語」

良寛は「戒語」九十カ条を残している。

一、ことばの多き。
一、口のはやき。
一、とはずがたり。
一、さしで口。
一、手がら話。
一、能《よ》く心得ぬことを人に教ふる。
一、物いひのきはどき。
一、親切らしく物言ふ。

一、さしたることもなきことをこまごまといふ。
一、見ること聞くこと一つ一ついふ。
一、子どものこしやくなる。
一、都言葉などおぼえ、したり顔にいふ。
一、くれて（与へて）後、人にそのことをかたる。
一、おれがかうした　かうした。
一、学者くさき話。
一、風雅くさき話。
一、さとりくさき話。
一、茶人くさき話。
一、すべて言葉をしみじみといふべし。
一、言葉は惜しみ惜しみいふべし。

これらは唐木順三著『良寛』からの抜粋である。よくこなれていて、わかりやすく、その上、一つ一つがこちらの胸に突きささってきて、ぜんぶ自分のことを言われているのじゃないかとさえ思う。これは良寛の言語論が上等である証拠である。具体例はあげていないのに、読者それぞれの、経験のなかの、悪例、良例こもごも立って、わっとむらがりよせてくるのを感じないだろうか。

言葉を発する根源のところに、すべて達していて、だから時代さえ超えてしまっているのだろう。

いつか九十カ条をぜんぶ読んでみたいと思うのだが、今、唐木順三氏の長年の研究の末、厳選して抜粋してあるものを、更に引用させてもらって、何をか云々することは、「能く心得ぬことを人に教ふる」にぴったりあてはまるだろう。それを侵してまで書いたのは、部分であれ、まだ知らない人に紹介し、この悦びを分ちたいという誘惑に抗しがたかったからなのだが、これも「さしで口」の部類に入ってしまうかもしれない。

「戒語」の二、三種でいいから、ほんとうに我がいましめとすることができるなら、その人の言葉は格段によくなりそうな気がする。

良寛は「愛語」というのを筆写してもいる。これは良寛が傾倒した道元の、僧としての言語論だが、綿密に写しとったところをみると、ぞっこん惚れこんだからであるに違いない。

唐木順三氏の現代語訳によれば、

「愛語とは、菩薩が衆生をみるとき、まず慈愛の心を発して、その時、その人に応じた顧愛の言葉を施すことである。おほよそ暴言、悪口を口にしない。……愛語を好んで使つてゐるうちに、次第に愛語は増し育つてゆく。さうすることをしてゐる間に、常日頃思つてもみなかつた、いつくしみの言葉が思はず口をついて出てくるといふことになる。命のあるかぎりは、このんで愛語をつづけなさい。……怨む敵に頭を下げさせ、また有徳の人々の間をやはらげむつまじくするためには、まず愛語の心が根本である。愛語には天を逆に廻すほどの力があることを学ぶべきである」。

良寛の詩歌を読むと、言葉はまさしく「やさしさの極致」として使われている。それこそが言葉の最大の魅力として捉えられていたのではなかろうかと想像される。

そのことに異論はまったくない。「いつくしみの心」が、言葉の魅力のつきせぬ泉であることは、今も変りはないのである。

百五十年ほど前に、こんなにわかりやすい簡潔な言語論を残しておいてくれた良寛に、大いなる感謝を捧げながらも、現在を生きている者として敢えて不満を述べるなら、これだけでいいのだろうか？　ということである。消極的な勁さはあっても、積極的な強さを欠いていないだろうか？　これは良寛に限らず、日本人にずっと流れてきた言語感覚そのものでもあって、そういう意味で、良寛の「戒語」は、日本人の言語美学の頂点をなしているようにも思われる。いわば寡黙の美学である。何かが一つ足らない気がしないでもない。

清談について

清談をしたくおもいます
物価　税金のはなし　おことわり
人の悪口　噂もいや
我が子の報告　逐一もごかんべん
芸術づいた気障なのも　やだし
受けうりの政談は　ふるふるお助け！

日常の暮しからは　すっぱり切れて
ふわり漂うはなし
生きてることのおもしろさ　おかしさ

哀しさ　くだらなさ　ひょいと料理して
たべさせてくれる腕ききのコックはいませんか

私もうまくできないので憧れるのです
求む　清談の相手
女に限り　年齢を問わず　報酬なし
当方四十歳（とし　やや　サバをよんでいる）

数年前に書いたものだが、詩ともいえないしろもので、散文に直して語ろうとしたのだが、上手にときほぐせない。

これが放送されたとき、わりあい反響があって、未知の人からだいぶお手紙をいただいた。

私を驚かせたのは、女どうしのあいだで、清談が成立しにくいことを各年齢層の人が、かなり切実に感じているということだった。

この詩は女のひとにわかってもらえるかなァと思っていたのだが、それがまことにおこがましいことであったのだ。一通の手紙には、「実家へ帰るときは、いつもいそいそと行くのだけれど、帰るときはきまって空しい、やりきれない気分になっている。

それというのも、話題が親族間の根掘り葉掘り、利害打算、日常べったりで、あなたの言われる清談の要素にまったく乏しいからなのだ」と書かれ、肉親間の会話でさえ、このように醒めた耳で聴いている女性がいるのだなと思い、深く印象にとどまった。

もちろん、物価高に関して口角泡を飛ばさなければならないときもあり、税金の行方についてまなじり決して迫らなければならないときもある。けれども会えば、がっぽがっぽと税金とられることの憤懣を、めんめんと歎く中小企業の奥さんを知っていて、何を話しかけても聞く耳もたず、常に聞き手を強要され、税金ばなしを出ないのには閉口させられる。

夫、子どもの噂、自慢ばなし、こきおろし。

若い娘だったら、結婚について、恋人について、おしゃれについて。

共通の知人の、どこまでが真実で、どこからがフィクションかわからない噂、悪口。

それらを一つ一つ消し去っていって、なお、話題として残るものが、はたして女にはあるのだろうか?

中国の後漢の頃、竹林の七賢人と言われた隠士たちがいて、乱世に志を得ぬまま、この世にそっぽをむき、竹林の奥深くで、藪蚊にくわれほうだい、たつきは貧しいのに、話題は俗事名利をまったく離れ、かつ豊穣きわまりないものであった――というところから「清談」という言葉は生まれたらしい。後漢の頃、すでに清談のあまりの乏しさにうんざりし、そういうものに憧れた人びとが、多数いたということとの裏返しでもあろう。

が、私の指すのは、そんなに高尚なことではなくて、「毒々しい話」に対するに「清々しい話」というものもあろう、「濁談」に対するに「清談」というものもあろうというぐらいの意味である。この見分けかたも簡単である。話しあって別れたのち後味のいいときは、清談の要素が多かったのだ。反対に後味すこぶる悪く悶々のときは、俗談につぐ俗談、心中、相手をなじるばかりではなく、みずからの野卑さかげんに愕然となるのである。

なろうことなら、後味のいい会話をたのしみたい。「女どうしで話しているより、男と話したほうがずっとおもしろいし、得るところもある」という女が圧倒的に多いのは、比率からいって男のほうに清談の名手が多いということを意味しないだろうか？　ある男性にそんなことを告げたら、「男だっておんなじよ」と、いたって女性的な語尾を持つ答が返ってきたのだけれども。

女どうしが腹をわって話す――というのは、共通の知人、友人の悪口をおもうさま言って、そのことによって親愛感を覚え、盟約を結び親友となる、という場合が多い。

また人に知られたくない秘密を、洗いざらい暴露的にぶちまけて、相手もそのようにし、互いの秘密を握りあうことによって、親友になる場合。女が腹をうちわって話すということが、そういうことであるならば、まことにうそ寒いのである。これが生涯つづくならまだしも、親密度というのは頂点に達すると、何かのきっかけでたちまちに反撥、離反に転化することが多い。親密の度合いが大きければ、それだけ離反の力も大きく働く。互いに握っている相手の秘密を、今度は小放送局となって、それぞれ世間の誰彼にぶちまける。親友変じて裏切者となるわけで、こうした経験は誰しもあるとみえ、女どうしが話す場合、きわめて用心深く、閉鎖的になり、それがいっそう女どうしの会話をつまらないものにするという、悪循環になっている。

いずれにしても「程のよさ」「節度」「会話のたのしさへの配慮」に乏しいわけである。かなりの年齢に達しても、女は自己中心的な幼児性をなかなか脱けられない。ようやくの思いで家を獲得し、大よろこびで隣近所とのつきあいを開始、どちらが自分の家かわからないほど、あちらこちらに入りびたり、あげく、そうしたつきあいの拙劣さ、話題、言葉のまずさがたたって、自分のみ四面楚歌と思いこむに至り、私はいいのだが、ここは人間の気風が悪いのだ、もっとましな所へと、数年を経ずして「引越し」となり、夫子どもを捲きこんで別天地へと去る。人の住むところ、世界の果まで行っても大同小異に思えるのだが、こういう例を何度も見聞すると、ついたり離れたり、離合集散ただならぬ小学生や中学生時代の幼児性のままで、発育も成熟もとまってしまったかにみえる。外のことでは、かなり智恵づくのに、人とのつきあいかた、話す術の、「いいあんばい」をなかなか獲得できない。

まあ　どうしましょう

先日、韓国の女性詩人、フォンさんという方に会った。私とほぼ同年輩の方だったが、日本語がお上手だった。どうしてこんなにお上手なのだろう？　質問をしたあとでぎょっとなった。女学校を卒業する頃まで日本語で教育を受けてきたという答に。

そのことはよく知っていたつもりであった。日本が朝鮮を植民地化していた時代に朝鮮民族から朝鮮語を奪い、日本語を押しつけて氏名まで日本流に改姓させてしまったこと、数々の罪あれど、言葉を奪うということはもっとも慚愧すべき罪だということも。

しかし、その事実と、いま目の前にいる韓国から来た一人の女性の話している日本語とが、私のなかでうまく結びつかなかったわけで、こちらの迂闊さに恥じ入り、顔の赧くなるのを覚えた。

しかも困ったことにフォンさんが日本語を話せたおかげで、通訳なしで、三時間あまり会話を成立させることが出来たという恩恵をこうむった。これはどういうことだろう。むこうは私の詩もきちんと読んでいて下さったのにこちらは朝鮮文字も読めず、従ってフォンさんの詩もわからないということ。恥じ入ったことを少しでも埋めるために、私もせめてハングルぐらいはこの先、読めるようにならなければと思ったのだった。

フォンさんの日本語は明晰だったが、現在使っているわけではないのだから、ゆっくりと言葉を探し探しというふうに話された。楚々として大層きれいなひとだったせいもあるのだが、一番的確な日本語をさぐりつつ、たぐりよせつつ、話される様子を美しいものに感じた。自分の言葉を話そうとして一生懸命だった。

そういえば私たちはあまりにもなめらかに話しすぎる。ありあわせの、間に合わせの、思考と言語で話しすぎる。自分の心情に密着した過不足のない表現を探そうとしなさすぎる。肝心なところを流行語でおちゃらかしすぎる。だれもが自分は自分の言葉を話していると思い込んでいるけれど、はたしてそうだろうか？

近くの女子大で学園紛争が起ったとき、そこの女子大生たちがヘルメットをかぶり「闘争勝利！」「闘争勝利！」と連呼しつつ駅前でデモっていた。ひとびとはちらと見たきりふりむきもしない。この連呼ばかりでは何一つ言っていないことに等しく、自分たちの学園で起ったことを市民にも知らせたいと思うなら、そこに一工夫あってもいい。どうしなくてもきれいなお嬢さんたちである。駅前広場で一人一人がマイクを持ち、三分間スピーチでも十分間スピーチでも次々やったら、通行人も足をとめ耳かたむけるのではないだろうか。

いくら過激な言辞でも、なまくらで、だらりと寝そべったようなものにしか受けとれないとしたら処置なしである。現実にはそういうものばかり多くて、新鮮なつむじ風、薫風、涼風、疾風というのにゆきあえる機会はきわめてすくない。

フォンさんは「まあ、どうしましょう……」という日本語を使ったが、ずいぶん久しぶりに聞いた日本の女言葉であるような気がした。いまだに自分の、個人の言葉を、きりっと立てることのできないでいる日本の言語風土は、私自分も含めて、ほんとうに、

「まあ、どうしましょう！」

語られることばとしての詩

土壌について

「外国では詩人の自作詩朗読がきわめて盛んだが、日本の場合はいったいどうなっているんですか?」という質問を、実に頻繁に受ける。そして、その口調には常に幾分の非難がましさと、じれったさが籠められているようである。

ではそのように問う人は、日本の現代詩人の朗読を、ほんとうに痛切に聴きたがっているのだろうか? 私の答は否である。そう言う人に限って、日本の詩の朗読なんかには多寡をくくっているし、聴きたいとも思ってはいないらしい。ソビエトの、イギリスの、フランスの、アメリカの、インドの隆盛な自作詩朗読を見聞して、その比較上、ただ現象として捉えて、口にしてみたというに過ぎない場合が多い。

外国にあるものなら何でも日本にだってという商品の氾濫と同じ感覚であり、またいくらかその発想法には明治初期の文明開花の匂いがすると思うのである。ソビエトならびに共産圏の国々を廻ってきた岩田宏氏の話によると、それらの国々でさえ、自作詩朗読ということにそっぽをむき、一切やらない人もかなり居るということである。さもありなんと思う。私たちに伝えられているのは、共産圏の国々では、詩人と名のつく人、皆が好んで堂々と朗読をするような情報ばかりである。少々おかしいと思っていた。聴きもしないで言うのは乱暴かもしれないが、ソビエトなどの自作詩朗読が熱狂的なのは、政治家の代行者としての、アジテーションの要素が第一にあるのだろう。第二に平生耳に入ってくる言葉が決りきった紋切り型で、民衆の心には、もっと伸びやかで、柔軟で、弾力のある言葉を聴きたいという飢渇があるのだろうと思う。

それらの要素が、からまりあっての熱狂と規模になっているのだろうと想像される。こうしたことは垂涎おく能わざる出来事とは、到底思われない。

一口に外国の詩朗読と言っても、世界でもっとも美しいと言われるフランス詩の朗読をとても厭だという人も居る。フランス語の発音そのものが厭なのだそうだ。英語の方が肉感的で、はるかに好ましいというのである。私は聴くなら、ドイツ語の詩朗読を聴きたい。あのゴツゴツした発音を最も好むから。外国の詩朗読と言っても、何処の国の、誰の朗誦術が現在、世界に冠たるものかという判定はとうてい出て来ないように思う。蓼食う虫もすきずきなのだし、好みに非常に多く左右されてしまう。明日はアフリカ土語による朗誦術が、もっとも魅力あるものとして、私達の耳をひっとらえないものでもない。

外国の自作詩朗読を聴いて、意味はさっぱりわからないが、抑揚、リズム、ひびきなどえもいわれず、魂の昂揚感を覚えるという人も多い。単に朗誦術としてなら、確かに否むことのできない美しさを感じさせられる場合もあるが、意味がさっぱりわからなくて、はたして詩を聴いたと言えるものかどうか。

「隠されている、深い意味の、啓示」を感受できた時、それを詩と私は感じる方なので、それをすっかり取り落しては、いくら耳に快く、魂を洗われる思いがしても、それでは野鳥の交響楽を聞いたときと大差はないだろうと反論したくなる。

次に、仮に日本でも、もっともっと自作詩朗読が盛んになるべきだとするなら、まず、それを聴きたい、楽しみたいという人の層がもっと厚くならなければならないだろう。

そういう土壌はあるのだろうか？　まったく個人的な感想だが、私には無いのだと思われて仕方がない。詩ブームと言われるものの実態に懐疑的であると同じように。

こういうところで張り切ってみても、しらじらしいのはやむをえない。

けれどもまた、外国から帰ってきた詩人たちは殆んど一様に、日本の詩朗読の未発達になんらかの意味で意識的になって戻ってくるのは事実である。感じかたはさまざまで、「今迄、あまりにも恣意的にやりすぎていた。アメリカのギンズバーグの朗読を聴いて、自分ももう少し考えてみなくちゃと思った」「日本語の詩の朗読を強いられて、そちらはぶっきらぼうにやったが、同じ詩の英訳の方は、思い入れたっぷりにやらざるを得なかった」「日本でも、もっと気楽にじゃんじゃんやるべきだよ、ビールでも飲みながら」そして、日本の詩があまりにも活字のなかに、詩集のなかにのみ閉じこめられすぎていること、語られる言葉としての、すぐれた詩が不在であることの意識は、皆ことごとく一致しているようなのである。

日本でも、かつては「語られることば」としての詩しかなかったわけである。文字ができてからでも、和歌、俳句にはその伝統が脈々とあり、耳からくるひびきを本能的に大切にしているようである。琵琶法師は日本の吟遊詩人と言ってもいいものだろうし、なにわぶしに強烈なポエジイを感じて酔いしれた人々もあり、能もまた活字に頼らない詩として受けとめられていただろう。

実際、万葉時代の額田王は、どんな抑揚とリズムで、あれらの歌を口にのぼせていたのだろう。芭蕉は弟子たちとの連句の席で、どんな声音で詠じ続けたものだろう。仮に再現できるとして、現代人の耳にはどういうふうに聞こえるか？　私の想像では、声明、お経、御詠歌などと大差のない、陰々滅々の抑揚のなさではなかったろうかと思うのである。

明治以後、異質のことばを知ってから、それらの陰々滅々の朗誦術は捨てさられたのであろう。詩は活字のなかに閉じこめられてゆき、西洋音楽の力でも借りなければ、なんとしても羽ばたかず、かつての伝統とも、もはや結びつきようもないのである。従って現代の自作詩朗読は、素でしか読みようがなく、殆んどがボソボソと呟く型である。

ともかく昔は日本にもあった「語られることば」としての詩の伝統が、何時、何処で断絶してしまったか――そのいわれはもっと錯綜しており、こんなに簡単に素通りできるものではないだろうが、問題が大きすぎ、私自身探り出せてもいないので、通りすぎてゆこう。

更に詩朗読が日本で育ってゆかない、定着してゆかない一番大きな原因は、「詩」と言われた時、日本人の頭に反射的に浮かぶしろものが、あまりにも複雑多岐に亘っていることにある。二十代の若い世代だけに限ってみても、三木露風や三好達治のものを詩として、真実愛している人々があり、一方、鈴木志郎康の「法外に無茶に興奮している処女プアプア」というような作品にしか絶対に詩を認めない層もある。そうしたことを歎くつもりはさらさらない。こういう傾向は今後もっと増大してくるだろう。ただ「詩」という時、それぞれが想起するものの、あまりのピントの合わなさだけは確認しておきたいのである。おまけに詩まがいのものが、詩としてまかり通っている盛大さもある。

近代詩の潮流の、あまりの迅さと烈しさは、民族的な規模で「これぞわれらの詩」と見定め、抱きとることをまったく不可能にしているようである。だから詩が好きだということだけで、集ってみても、その朗読会はなんの意味もなさないし、交流も生まれ得ないだろう。誰それの何という詩を聴いてみたいという、積極的な欲求がなければ。

というようなわけで、私はこうしたもたつきを、そのまま受け入れていて、日本の自作詩朗読がいたって萎えた状態であることを、特に恥とも原罪とも思っていない。

小説家や劇作家は、自分の作品を、不特定多数の人間の前で朗読する義務を負ってはいないのに、詩人には何故、自作詩朗読への要請がかくも多いのだろう。それを訝しむ気持もある。外国の場合、そもそもの淵源は、いったいどの時代にまで遡れるのだろう？　日本では古代以降、詩人自身が人前で、詩朗誦をするということは、絶えてなかったような気がする。同好の士が集って、和歌、俳句、漢詩を吟じあうことはあったろうが、一般の人のなかからは、逸れて、逸れてゆくという傾向を辿ったのであって、今になって「大勢の前で、やってごらんよ」ということになっても、読む方も聴く方も、こそばゆいこと限りなし……というわけだろう。

若い頃に読んだモリエールの戯曲の中に（なんという題名だったか今、探し出せないのは残念だが）やたらに自作詩朗読をやりたがる男が出てきた。彼はおおかたの顰蹙を買い、敬遠され、ひとたび登場し朗読を始めると、さあっと人は居なくなり、あれがあいつの恐るべき唯一の欠点だと噂されている。潜在意識というか、この登場人物が心の底に沈んでいて忘れられない。モリエールの描いたような男がうようよ居ては、まったく地獄の責苦であろう。

観点を変えれば、日本の詩人たちが、やたらに自作詩朗読をやらないのは、思いのほかの清潔な眺めとも言えるのである。これはまあ冗談として、詩朗読が（詩人、俳優を含めて）現在より、もう少しましなものになってほしいと願うことでは人後に落ちないが、私自身はやろうという意欲がない。理由は簡単で、我が舌、なみの人より長く、喋るとき舌を嚙みきらないためには、適度にまるまり、ために呂律がまわらない。発音不明瞭なくせに、人が聞き返すと憤然とする悪癖があり、ろくでもない詩を、更にろくでもなくして届けるのは要らざる焦立ちを配給することになろうと思うからである。

詩人による朗読

「山本安英の会」主催の第一回の〝ことばの勉強会〟の折、木下順二氏は「のっけから挑発的言辞を弄しますが」と前置きして、日本の自作詩朗読のくだらなさを槍玉の一つに挙げられた。外国との比較もされた上、日本の例として挙げたのは、或る年輩詩人のもので「彼のは味があると言えば言えるが、グロテスクである」と言われた。既に書いたように、自作詩朗読に関して私は特別の関心を持っていないにもかかわらず、この発言に大いなる義憤を感じた。

木下順二氏が現代の若い詩人たちの朗読など殆んど聞いていらっしゃらないらしいこと、大正、昭和初期の頃とはまた異なり、自作詩朗読も変質してきているのに、聞かなくても大体わかると多寡をくっていらっしゃるらしいことなどにも……。それでそのことを帰りがけに山本安英さんに話して帰った。

すると「それでは第二回目は、詩の朗読会をやりましょう」というふうに発展してしまった。戦争でもそうだが、挑発する方は利口で、挑発される方は馬鹿なのである。それに気づかされたのは、朗読会はてて、だいぶ経ってからだが、木下氏のは発展的挑発とも言うべきもので、戦争とは違い、何かを強烈に引き出そうという意図は明白なので、ともかく了解しようと思うのである。

出てもらいたいと思って声をかけた詩人たちは、快諾、また快諾というふうにはいかなかった。パリでの例をとって、「入場料をちゃんと払い、あの人のあの詩を聴きたいと集ってきた人達の前でこそ、詩の朗読は成り立つ」と肯じなかった人もいるし、初め承諾して「で何人位の集り?」「大体百人くらい」「え? そんなに多いの? じゃやーめた」という人もあった。彼にとって百人とは詩を聴く人数として、あまりに多いという至上命令があったらしい。

結局あっさり承諾してくれた、川崎洋氏、岩田宏氏、白石かずこさん、私の四人が読んだ。予定していた大岡信氏は病気で欠席。藤島宇内氏は遅れていらしたため、時間切れで読んで頂けなかった。

同じ詩を、まず作者が読み、すぐそのあとで俳優が読むという交互の形で進行した。こういう形での朗読会は、おそらく日本でははじめてのものだったかもしれない。

川崎洋氏は「今日、僕の詩を聴きたいと思って、ここへ来られた方は、たぶん居ないでしょうね、そういうところで読むというのは、実はきわめて残酷なことでありまして……」と笑わせたが、期せずしてこの言葉は、当日の詩人、俳優九人の気持を代弁していたと言える。特に俳優の場合、その残酷味は一層強かったかもしれない。なぜなら、他人の詩を読む場合、その詩に惚れ込み、読みたいという欲求がまず第一条件であろうからである。その日読んだ詩は、詩人がみずから選んだものであり、俳優にとっては、詩人、詩ともに選択の余地がきわめて乏しかったわけである。

さて、一般に、自作詩朗読は書いた本人が読むのだから、軀から滲みでてくるものがあり、このナマの魅力には、如何にうまい俳優でも太刀打ち出来ないという観念がある。私も漠然と今までそのように思っていた。しかしこれは、ことほど左様に簡単なことではないのを、その日いろいろに思い知らされた。

自作詩朗読——語られる言葉としての詩は、まず活字を大きく越えられるのでなければ意味がない。自分の書いたものであっても、詩句は活字から身を起し、自分の肉声となって伸び、ひろがり、眼からではなく、耳から人々のイメージを喚起できる能力を獲得できなければ駄目である。

かつて与謝野晶子の「君死にたまふことなかれ」の自作詩朗読を聴いたことのある人がいて、その言によると与謝野晶子は頭のてっぺんから出るような上ずった声で読み、背中がむずむずしてくるようなものだったそうである。かの迫力ある名作「君死にたまふことなかれ」も、遂に本人によってさえ、活字を越えることのできなかった一例だろう。

当日の私の印象では、活字を越えることの出来た人は、白石かずこさんではなかったかと思う。実にさりげなく読んだのだが、活字からことばが放たれてゆくのを感じ、眼で読む場合より、はるかにおもしろかったし、理解度も大きかった。彼女の場合、常に語られることばとしての詩が先行し、文字はかろうじて追いかけ記録してゆくという型であるため、朗読となると所を得て、いきいきとしたのだろうか？　朗読の経験（英訳した詩朗読も含めて）が豊富なためだろうか？　なぜ活字をらくらくと越えたか――私はうまく分析できないし、うまく説明もできないのである。

川崎洋氏は、長唄のテープを廻して、それをバック・ミュージックに「結婚行進曲」を読んだ。詩の朗読会につきものの厳粛性、悲愴性をぶち破らんとしたのは明らかで、スマートな詩と長唄の対比がおかしく、くつろいで楽しい雰囲気を作ったのだったが、あとになって考えてみると、やはり書かれた「結婚行進曲」の秀逸な諧謔性を、肉声が越えられなかったという感想を持つ。無限にふくらむべき、無限に飛ばせられるべき、手品の鳩のような彼のことばの活力を、原作者が読んでさえ、思いっきり開放してやることができなかったような気がしてならない。

岩田宏氏は「若いエンマ（閻魔）の独白」を、これ以上的確には読めまいと思うほど、適切に読んだ。つまり絶望的な主題をまことに絶望的に読んだ。ほとんどすべてを投げているように……。声のよさに惹かれたが、しかし活字以上でも以下でもないように思われ、それは彼がよりによってデスペレートなこの詩を選んだことによっていると私には感じられた。

岩田宏氏の朗読に、もっとも様式と、リズムとおもしろさを感受したという感想が、あとで谷川俊太郎氏、武智鉄二氏、観世栄夫氏、ガングロフ氏などによって出された。

私の朗読は拙劣で論外だが、ともかく家でテープレコーダーを廻して、三回ほど練習して行った。大勢の人の前で読むのは、今迄に二回の経験だが、なんとも空しい後味だったので、今度は暗記していって聴き手と直接、視線を交しながら読めたら……と思ったのである。詩をプリントしたものが、あらかじめ配られていて、人々は皆その印刷物に眼を走らせていて、誰も顔を挙げなかった。

詩のプリントは、あとでこの朗読会を考えてみる時の、ヒントに配られた筈だが、皆が皆、最初から一様にプリントの活字に頼ったということは、私たちが如何に、純粋に語られる言葉としての詩を、たのしむ習慣がないかということを、期せずして象徴的に現わしてしまっているように思われた。

あとで知りあいの詩人たちに、詩朗読を聴いてみたいという、積極的欲求があるかどうかを尋ねてみた。殆んどの人が、詩は活字で読みたいと答え、Mさんは、朗読するのなら読む詩とはまったく次元を異にし、「朗読のための詩」が書かれるべきだという、示唆的な意見を出された。

一つの詩が、読むに耐え、聴くに耐えるのが理想だと思うが、いっぺんにそこへ行けないとするなら、「朗読のための詩」も、もっと開拓されてしかるべきかもしれない。

ただそれは、あくまでも、一つの手順にしかすぎず、「読む詩」と「聴く詩」とが、まったく異る分野とは、私は考えたくないのである。

俳優による朗読

当日、朗読を受けもって下さった俳優は、小沢重雄氏、砂田明氏、小山源喜氏、岡村春彦氏、坂本和子さん。

大体どの人も素で読んだが、砂田明氏は、川崎洋作「こもりうた」を、原作のままで一回、この詩が好きなので郷里の言葉に直したらどうなるかと、京都弁にみずからアレンジしたものを再度読んだ。

小山源喜氏は岩田宏作「若いエンマの独白」を、みずからの解釈で、いわば歌舞伎調のメリハリで朗読した。こうした試みは、あとの懇談で賛否両論をまきおこしたのだが、しかし否とする人の方が多かったようである。

詩朗読にまつわりがちな、変なふしまわしを避けようとするあまり、現在の俳優は素で読むことに全力を傾け、そのためにあまりにも無色透明になりすぎているきらいもある。詩句を音符のように扱い、自己の解釈と表現で演って、一向にさしつかえないものだと思う。砂田明氏と小山源喜氏の場合、成功したとは言い難いが〝ことばの勉強会〟にふさわしい試みを大胆に出してくれたと言えるだろう。

詩人が集っての話題によく出るものの一つとして「新劇俳優による詩の朗読は実に

厭だ」というのがある。なぜ厭か、その原因を明晰に説き明かしてくれた人は一人も居ないのだが、ただ「あの新劇臭がたまらない」とか「独特の節まわしにぞっとする」「単調きわまりない」という、生理的悪寒にとどまって、なんともはや科学的ではないのである。つきつめて考えられてもいないし、俳優たちとざっくばらんに語りあう場もないし、どうしたら、どうなるかに、なかなか発展してゆかないのだ。

一方俳優が詩人の自作詩朗読を聴いた場合「なんだ君たちだってその程度か、がっかりだよ」と言うことになるだろう。木下順二氏の「今日聴いた詩人たちの朗読は、全部が全部アクセントと鼻濁音がなっていなかった。僕はそれらを全部チェックしておいた」という発言は、俳優の側に立っての批判とも言えただろう。

なぜなら俳優修業の第一歩は、訛、アクセント、鼻濁音などの矯正であるらしく、それをマスターできない者は「日本語もろくに喋れない役者」とこきおろされるらしいのである。従って俳優の朗読は、そういうところに力点がかかりすぎているようなのである。

もちろん、それらをマスターした上で、奔放自在になれたら言うことはないわけだが、なかなかそうはいかず、何時迄もアクセント、鼻濁音の段階にとどまりすぎると思う。

かつて、私の書いたラジオドラマの本読みに立ちあった時、新劇女優の一人が、アクセント辞典（NHK発行らしい）を持ってきていて、台詞の一つ一つを、アクセント辞典に照らしあわせて点検していた。その真面目さに敬意を払うにやぶさかではなかったが、幾分滑稽な感じがしないでもなかった。アクセントなんかどうだっていい、台詞をパン種に、あなたの中でいきいきとふくらませ、デフォルメする、そのことの方にエネルギーを使ってよと私は言いたかった。

第一回の勉強会でも出されたことだが、鼻濁音一つをとっても、それを美しいと感じる地方と、美しくないと感じる地方があるということであり、鼻に抜ける発音が美しさの金科玉条ではないことを示し、私自身、声学家などが非常に意識的に「ガ行」の発音をして、これぞ日本語の手本という顔をされると、それこそ鼻白むおもいがする。

アクセントなども、法律のようにきっちり決めてしまう必要があるものかどうか……日本語のアクセント辞典を作っても、依然、マージャンという人もいれば、マージャンと言う人もあるだろう（海を膿と言ってしまうのは困るけれど）。

訛、鼻濁音、アクセント、ともに完璧でソツのない筈のアナウンサーのことばが、必ずしも美しいと感じられないことは、多くの人の指摘するところである。新劇人の表現方法にも、これに似たところがありはしないだろうか、といつも思う。

木下順二氏から発せられた指摘は、だから詩人たちの胸に素直に入ってはこず、むしろ大きな違和感をかきたてられた。木下順二氏の戯曲――とりわけ民話劇は、ことばの魔力、ことばのずべ公ぶりのたのしさを、よく知る人のものだと思うのに、こと日本語についての、評論なり、発言となると、ひどく窮屈なものとなるのは怪訝である。

詩を聴く態度――態度なんて、おのがじし、どうでもいいようなものの、もし私が他の人の自作詩朗読を聴く席にいるとしたら、心と耳をポカンとさせて、ことばたちの入ってくるに任せるだろう。訛も結構、アクセントの妙なのも、鼻濁音のふらふらも、そのまま受け入れるに違いない。要は、肉声による詩が、私の心にどれ位の風穴をあけ、どれくらいの薫風を吹き抜けさせてくれるか――そこに唯一の関心が集るだろう。

こう書いてきて悟らされることは、畢竟、自作詩朗読とは座興にしかすぎず、一期一会的な燃焼にしかその面白味はないのかもしれないということである。俳優の場合は、こう言ってすましているわけにはいかないだろうけれども。

正しい日本語、美しい日本語と一口に言ってしまうが、その基準はいったい、何なのだろう？　日本語が乱れたと言われるが、かつての日本で、正しい美しい日本語があったためしがあるだろうか？

万葉時代のそれ？　平安時代の貴族のことば？　戦国時代の武将のことば？　徳川

末期の庶民のことば？　当時の人達は大和ことばは乱れに乱れ……と感じていたに違いない。すべては順おくりであり、日本語は最初から乱れに乱れている。日本語ばかりではない、外の国のことばだって大同小異であり、それだからこそ、おもしろいのである。

　きちんと決って身じろぎもしない、端正なことばを望むなら、ラテン語のような死語を借りるほかはない。

　生きものであり、化けものであり、生々流転の魔物であるところのことばを、跋扈跳梁させないで、なるべく死語として密封して読もうとするところに、詩人たちの俳優による朗読への、一番の不信があるのかもしれない。

　漠然と、詩人は母国語を最も美しく、正しく使える人、その最先端を行く人という観念があるけれど、今日の事情は必ずしもそうではない。むしろ日本語をどこまで開放させてやれるか、どこまで細胞分裂させられるか、その乱れ、破壊の方に荷担しているように見える。

　もう一度、テーマの方へ戻ろう。武智鉄二氏は「詩人の朗読は、なんと迫力のないものかと思った。俳優の朗読を聴いて感じたのは、日常感情との近似値を求めすぎているということだ」と発言された。詩人の朗読の迫力のなさ、つまらなさは、また誰かに大いにあげつらってもらうこととして、俳優の詩朗読の「日常性」ということは、日頃私も痛切に感じていることなので、ここで少し触れておきたい。武智鉄二氏の発言の意図とは、或いはずれてくるかもしれないけれども。

詩に限らず、戯曲の台詞を言う場合でも、なにゆえ新劇俳優は、弾力、飛躍、奔放さに、かくまで乏しいのであろう？　われにもあらず、日常性へ、日常性へと落ち込んでしまうのは何故か？　戦後すぐ新劇を見始めてより、今日に至るまで私の中で根強く続く疑問なのである。わずかに解ることは、日本の新劇の俳優修業が、リアリズムに出でて、リアリズムに終っているからではあるまいか――ということである。

リアリズムは、すべての芸術の基礎であり、礎石だろうが、最終目的までがそれでいいわけではないだろう。書道で、楷書をびっしり習わせられるのも、行書や草書、さらにはそのはての自在さに到りうるための第一段階なのだろう。俳優のリアリズム修業もまた、そうしたものだろうと思うが、新劇史、半世紀近くを経て、未だに演技術、朗読術が、リアリズムでがんじがらめのように見えるのは、残念なことである。

ラジオドラマの台詞を、燦めくことばで書いたつもりなのに、俳優の声を通すと、さっぱり燦めかず、リアリズムの次元にひきずり込まれてゆく経験は、今迄に多かった。もっと良い例で言うと、木下順二氏の『おんにょろ盛衰記』の台詞と、実際に上演された芝居との対比（台詞の生かされなさ）を思い浮べて頂いてもいい。

詩もまた、日常語を使って書かれてはいても、日常感情からは何オクターブも調子の高いものであることは明らかなのだが、その心情のボルテージに見合った表現を、俳優がみつけてくれないくちおしさは、自分の詩を読まれたことのある詩人は、或いは皆一様に持っていることかもしれない。

さらにくちおしさは、みずからがその詩の読みかたに、具体的なヒントや、アドバイスを、指し示すことができないということによって、倍加されるようである。

田中千禾夫氏の戯曲で、作者が演出も兼ねた場合、台詞が見事にふくらんでいる時がある。思うに、田中千禾夫氏の長年にわたる「話しことば」への研究と蓄積が、すぐれた指示となって、俳優の中へ滲透できたためではないか……と想像されることがある。

尾崎宏次氏が「日本の俳優の詩朗読は、小、中、高なしで、いきなり大学の勉強をやりはじめたようなものだから、悪口が言いやすい。日本の俳優に、もっともっと詩を読むことを勧めたい。そして俳優自身が詩を選ぶことが必要である。自分の声の質も問題にして。ドイツで詩のレコードを買う場合、〈誰の？〉と聞かれるが、それは詩人名を聞いているのではなく、朗読した俳優名を訊ねているのである」と言われたが、これは日本の俳優修行課程に、秩序だった「詩の朗読」の項が、無いに等しいことを教えてくれる。

そして「俳優自身が読む詩を選ぶべきだ」というのは、重要な指摘であると思う。

与えられた詩を、自分の方法で、なんとかこなして読むのと（現在は殆んどこの方式である）、これを読んでみたいと惚れこんだ詩とでは、格段の相違が出てくる筈であろうから。

俳優が日本の詩によせる関心度は、どの程度かは計るべくもないが、びっくりするくらい冷淡であるような気もしている。ただ若い俳優のグループなどで、流行に支配されず自分たちなりの選択と好みを持ち、同時代の無名詩人のなかからも、共鳴できるものを選び出そうとする見識と姿勢を感じさせられて、おやッ？　と思うこともある。良い萌芽がないわけでもない。

詩を朗読するには「術」以前に、詩を選択することが大事な課題になってくるだろう。

悪口の言いついでに、気づいていることをもう二、三、書かせてもらう。俳優の詩に対する感受性の質として、忘れられない話なので……。

十年も前になるだろうか、俳優のK嬢が詩朗読をして、その詩に感動し、感きわまって途中で泣き出し、聴衆に背を向けて、しばし泣きやまなかったという、報道だった。たしか新聞に出た話だったと思うが、それは批判的に出たのではなく、むしろ美談として報道されていたので、私は二重に唖然となった。

いくら惚れこんだとしても、泣いてしまっては元も子もない。また、もし詩に感動があるとするなら、「泣き」からは最も遠い地点に立つものであることを、理解しないのなら、何をか言わんやと思ったのである。

日本では最高の讃辞が「泣いてしまった」であるらしく、源氏物語の頃より、延々と見えがくれしてきた私たちの感受性の質なのだが、昨今のいたってドライにみえる俳優の中にさえ、この「泣き」の要素が絶無ではないのである。どうかすると、ずんべらとそれが出てしまう。

佐藤春夫の「秋刀魚《さんま》の歌」と峠三吉の『原爆詩集』とは、同手法で読まれては、ぜったいに困るのである。

もう一つ、或る俳優は、「詩朗読をする時、唯一の手がかりとなるのは、その詩人の思想である。昨今の詩人には、その手がかりとなる思想がどうも……」と語った。あとの言葉はにごされたが、思想がないから読みにくいと言うことであるらしかった。これもまた嚥下できない丸薬のように、私の咽喉もとにひっかかったままである。理解への唯一の手がかりは〈思想〉なのだろうか？　すくなくとも、こういうふうには言えるだろう、「これが、この詩人の思想であると、つかみ出せるようなものが、あらわに見えたら、それはあんまり上等の詩ではない」と。

今から、やはり十年近く前、滝沢修氏に会った時、詩の朗読法のわからなさ曖昧さについて触れられたことがあった。数年前の俳優祭で、拙作「私の一番きれいだったとき」を滝沢修氏が読んで下さったこともあったが、私は聴くチャンスを失ったことを、今でも残念なことに思っている。

山本安英さんも、私のものを何度か読んで下さったが、心の奥底にしみとおってくるような、朗読の伝達術の確かさに、不満を覚えたことは一度もない。『夕鶴』があんなに多くの人に愛されたのも、一つには、日常性とは切れたあの朗誦術のたぐいまれな美しさに拠っていたのではなかろうか。それは練りに練りあげられていったものであることを改めて思うのである。

その山本安英さんが、最近、詩を読むことがまったく恐くなり、詩の朗読はすべて、ストップしたということを聞いた。現代の日本で、朗読のベテランと言われる、滝沢修氏や山本安英さんから、詩朗読の曖昧さ、わからなさを聞かされたことは、非常に深い印象となって残っている。

わからないとは言っても、普通言う意味の「わからなさ」とは、質、量、ともに異なるお二人のわからなさであろうことは、よくわかるのである。それぞれの方法論をお持ちだろうが、それをもっと普遍的な様式として、創り出せてゆけない苦慮ではないか……と推察される。

歌舞伎や、能の朗誦術が、日常的な会話とは、ふっきれたところで、様式として練られ完成されていったように、詩朗読もまた、そうした様式を持ちうるものだろうか？　持ちうるとすれば、詩人によってか、俳優によってか？　私は後者によってであろうと言うしかない。

草月会館ホールで、やはり詩朗読の会があった時、飯島耕一氏は、その朗読を、前衛舞踊家の土方巽氏に依頼した。はじめ新劇俳優の誰れかれを思い浮べていたのだが、突如として面識のあった土方巽氏を思い出し、彼を希望し、練習なしで、ぶっつけ本番で読んでもらったという。土方巽氏は秋田県出身で、東北訛がきつく、かつ、モーツアルトと言うべきところをモルモットと読んでしまったりして、はからずも爆笑に爆笑を呼び、ともかくすばらしかったそうで、原作者はすっかり興奮して、詩朗読というものに初めて期待を持つことができたと語った。

私は半信半疑であったが、今年、八月十一日、文化放送から、やはり飯島耕一作「過ぎし戦いの日々を想う八月の詩」という長篇詩を三十分間、土方巽氏が朗読したのを聴いて、なるほどおもしろいと思った。朗読に関して、ずぶの素人なわけだが、舞踊という軀を使っての表現と、どこかで深いつながりを持つものなのか、ひらめきと飛躍に富み、ともかく無手勝流のいきいきとした表現だった。

飯島耕一氏に限らず、詩朗読に習練をむしろ要らざるものとし、様式をまったく期待せず、個性と個性のぶつかりあいの方に重点を置き、いわば素材主義みたいなものを希望する詩人は、実際に多いのである。

しかし、こういう疑問も浮んでくる――水気したたる水蜜桃のような瀟洒な飯島耕一氏の詩を、いつもいつも、きつい東北訛で読まれて、はたして本人も聴き手も満足できるだろうかと。

いずれにしても、詩朗読に関しては、およそわからないことだらけである。〝ことばの勉強会〟に於ける朗読会でも、詩人たちは、したたかな違和感を持たされたし、俳優諸氏もそうだったろうし、聴き手もまた、しかりであっただろう。

お互いの欲求不満が、僅かにでも確認されたのが、収穫と言えば言えるだろう。もっと鋭く、研ぎすまされた形で拡大できると尚よかったのだが、司会の内田義彦氏と共に、私も努力したつもりだけれども、どこから手をつけてよいのかもわからない問題の山積であるし、何回となく重ねたとて、早急にいとぐちのつくことでもないのだし、是非もない次第であった。

美しい言葉とは

私のいやな言葉、聞きぐるしいと思っている日本語は無数にある。出せといわれたら、ずいぶん沢山出してみせられるだろう。

日本語について多くの人が語る場合も、たいていは、その否定的な面を指摘することで尽きている場合が多い。いやな日本語を叩きつぶせば、美しい日本語が蘇るというものでもないだろう。否定的な側面を指摘するのと同じくらいのエネルギーで、美しい言葉に対する考えをかきたててゆきたいし、多くの人の、いろんな形による発言を聴きたいものだという願いが、私にはある。

しかし、美しい日本語に対する発言や考察が、ひどく乏しいというのは、どういうことなのだろう。まずいものを食べたときは「まずい、まずい」と大騒ぎするが、おいしいものの通過するときは、割にけろりとしているように、美しいことばというものは、生活の隅々で意識されず、ひっそりと息づき、光り、掬いがたいものであるためか。

それとも美しい言葉とはどんなものか？　というイメージが、私たちにきわめて貧しいためなのだろうか。

そしてまた、いやな日本語で一致点を見出すよりも、美しい言葉で一致点を見つけ出すことの方が、今日、はるかに困難なのを暗黙裡に悟っているためなのだろうか。

文学者の場合は、答は、はっきりしている。美しい言葉を摑み出そうとして、四苦八苦したありさまと成果は、その作品をみれば明らかだから……。

ここで触れたくおもうのは、なるべく文学作品は避けて、もっと身近な、日々空気のように必要な言葉たちのなかから、幾つかの例をとりだしてみたいのである。生まれてこのかた、私もずいぶん長いこと日本語を聴いてきたわけだが、私なりの「美しい言葉とは」というものが、いろいろに沈澱してきている。おもに女のひとの言葉を例にとりつつ、少し整理してみたい。

いつまでも忘れられない言葉は、美しい言葉である――二つは殆んど同義語のように私には感じられてならない。忘れられないというのは、よくもわるくも一人の人間のまぎれもない実在を確認した、ということを意味するのかもしれない。たとえこちらの胸に刺のように突きささっているものであっても。

　また、人間の弱さや弱点を隠さなかった言葉は、おおむね忘れがたいし、こちらの胸にしみとおる。このことは既に子供の頃から感づいていて、だから「さらけだす必要もないが、しかし、自分の弱さを隠すな」と、ずいぶんと自身に言いきかせてきたのだが、過ぎこしかたを省みると隠蔽の気配のみが濃いようだ。

　学者、作家が入りまじっての座談会などで、作家の言葉の方が俄然、精彩を放っていきいきと感じられるのを、何度も見聞してきたが、これは学者に比べ、作家の方が自分の弱さを隠さないという修練ができている賜物なのだろうと思う。

　整理されたなかに、未整理の部分を含んだ言葉も、或る緊張を強いて美しい。もともと人間は、そういう存在だからだろう。

　語られる内容と、言葉とが過不足なく釣合っている場合も、きわめてこころよい。政治家の言う「小骨一本抜かない」「衿を正す」などは、なんらの実体も感じさせない点で下の下である。言葉は浮いてはならないのだ。

　鷗外の短篇「最後の一句」は、言葉の発し手と、受け手とが、ぴたり切りむすんだ時、初めて言葉が成立するという秘密を、あますところなく伝えてくれている。全身の重味を賭けて言葉を発したところで、受け手がぼんくらでは、不発に終り流れてゆくのみである。言葉を良く成立させるための、条件というものがあるらしいのだ。戦後の幾つかの大きな裁判は、これらの条件が如何に欠けていたかを教えてくれる。

何項目にも分れてしまう、いろんな考えのなかから、私の最も大切に思われるものを、次に三つ挙げてみたい。

第一に、その人なりの発見を持った言葉は美しいと思う。どんな些細なことであっても。

知りあいの女性が或る日、ぽつんと「うちの亭主のいいところは、まるで野心というものを持たないことだわ」と言った。投げやりではなく、諦めでもなく、夫の美点をまことに慈むような言いかただった。女はなべて、野心に猛り闘志満々の男に惹かれるものだという公式的な観念を、さりげなくぶち破っていた。ひどく新鮮に響いたのは、あとで考えると、彼女なりの発見がこちらを打ったのであろう。自己顕示欲でぎらぎらしているような、また拝金主義でへとへとのような世相に対する抵抗も含まれているようであった。

野心を持たず、しかし、やるべきことをやって素敵な男性というものは、この世に多いのだが、女性によって良く発見されているとは言えない。能なしとか働きが悪いとかで片付けられているのが落ちである。こういう、さらりと涼しい言葉が出てくる基盤として考えられるのは、彼女もまた共に働いているからではなかったろうか。

十年も前に出た加藤八千代詩集『子供の夕暮』のあとがきには、こう書いてある。

大人とは　子供の夕暮ではないのか

これもまた、私には一つの発見に思われた。もっともこういう考えは、これまでにも沢山あったかもしれない。だから加藤八千代の発見はむしろ「子供の夕暮」という言葉のなかにあったという方が正当かもしれない。

躾けられ、仕込まれた子供が、やがて一人前の大人になって成熟してゆく――この過程を誰も本気に疑ってみようとはしないけれど、本当は人間存在の輝き放つのは、子供時代から青春前期くらいにかけてであって、それが次第にくだらなく黄昏れていったのが大人かもしれないではないか。

この一行は、折にふれて、この十年あまりひとつのメロディのように私のなかで鳴る。時に反撥し、時に素直になり、いまだにゆれ動いていて決着がつかないが、「大人は子供の夕暮ではない」とほんとうは言いたいのだ。

が、当面、自分を実験台にのせて、もう少し様子をみる外はない。世界的な規模で「教育」というものへの若者の反撃が始まっているのも、なんだかこの一行とも無関係ではなさそうである。

第二に、正確な言葉は美しい。正確さへのせめて近似値に近づこうとしている言葉は美しい。研究論文であっても、描写であっても、認識であっても。

　文学的な正確さは、ふつう言う意味の正確さとは、一寸次元を異にしていて、これもきわめて大切なものだが、ここでは触れない。

　私が二十歳の頃、田舎のある家を訪ねたことがあった。主人に用があったのだが、初老の奥さんが出てきて、静かに言った。「主人は今、ちんぼの裏っぽに腫瘍《できもん》ができて、伏せっとります」私は仰天し、あとは、しどろもどろとなったが、当時きわめてはしたなく思われた言葉も、今となってみると、置かれた状況を説明するに正確無比、要らざる憶測を避けるという意味で間然するところがない。部位の名称が、あまりにあどけない幼児語ではあったけれども。

　これは私のなかで、いつしか美しい言葉の部類に昇格した。と言っても人を納得させるわけにはいかないだろう。この夫人は小学校しか出ていない人だったが、品格があり、教養とはこういうものかと思わせるものが身に添っており、しんと落ちついていて、私の好きなひとだったのだが、その人柄を抜きにして、言葉だけでは何もわからないに等しいからだ。このことから私は考える。言葉とは、その人間に固有のもので、とうてい切離すことができないのではなかろうか。

　美しい言葉だと聴いて、そっくりそのまま真似してみても、その人と同じ美しさを維持することは絶対に出来ない。彼女の言葉も、他の人が言ったのであれば、このように忘れがたくは残らなかったような気がする。「文は人なり」と同じように「言葉は人なり」で、人格の反映以外のなにものでもない。普遍的に美しい言葉などというものはあるのだろうか。非常に疑わしいのである。

「……でございます」という、非のうちどころのないと思われている一言さえ、発する人次第で、爽やかにも、また叫び出したいくらい、まだるっこしくも感じとられるのは、こわいくらいである。

後日譚になるが、この老夫人の夫が癌にかかった。何度も手術をし胃潰瘍ということにしてあったが、夫は荒れに荒れた。医師を罵り、附添いの人に当った。曖昧さが我慢ならなかったのだろう。それを見定めた老夫人は、やはり静かに夫にむかい、癌であることを告げた。夫は一夜、まんじりともせず天井を睨めつけていたそうだが、明けがた「すまなかったな」と一言わびて、以後いい病人となり、ごく平静に死を迎えたそうである。人によって考えかたもまちまちだろうが、自分の命にとどめを刺した病名ぐらいは確認して、逝きたいと願う人も無い筈はない。夫妻ともどもに正確さへの志向を強く持っていた人たちだった。何故かはしらねども、人間は正確さ、正確さへと溯りたがる動物である。それを満足させられたとき、「美」と感受するものが人間にはある。

第三に、体験の組織化ということがある。これは人間の言葉を、言葉たらしめる一番大切な要素に思われる。これさえうまく出来ないとすれば、たしかに「大人は子供の夕暮」なんだ。

日本人の数すくない美点の一つとして、記録愛好癖があげられると、かねがね私は思っている。あらゆる階層にわたって、日記、メモを書き続ける人口の多いこと、多種の記録が大切に保存されること、古い庄屋の蔵から江戸時代の大福帳など現れて、大いに研究に資するのこと、流人となって流された島でまですぐれたルポルタージュを書き残した庶民があったこと、正史の途だえた部分を公卿の日記が期せずして埋めたりしていること等々。

よほど読んだり、書いたりすることの好きな民族であって、他民族との比較の上でも、かなり上位を占めそうに思う。ひょっとしたら第一位かもしれない。これらは、自分の生きたことをかなり大切に扱ってきた、また扱いつつある証拠だろうが、惜しむらくはそれらのことどもが、あざなえる縄のごとくに、うまくよじりあわされてこなかったことだ。結果としては、行雲流水、てんでばらばらに散らばっているのである。いにしえより、これだけの記録愛好癖を持った民の言葉が、力強さや、ずしりとした重味に欠けているのは、体験の組みたてに、自他の体験の組織化に大いなる欠陥があったのだとしか思われない。

思わず悲観的になってしまったが、それはこの小文の主旨ではなかった。体験の組みたての、まことにすぐれた例として、一つの詩を紹介したい。

崖

石垣りん

戦争の終り、
サイパン島の崖の上から
次々に身を投げた女たち。

美徳やら義理やら体裁やら
何やら。
火だの男だのに追いつめられて。

とばなければならないからとびこんだ。
ゆき場のないゆき場所。
(崖はいつも女をまっさかさまにする)

それがねえ

まだ一人も海にとどかないのだ。
十五年もたつというのに
どうしたんだろう。
あの、
女。

この詩は一九六八年刊、石垣りん詩集『表札など』に収められている。この詩を読みつつ最終連に至ったとき、私の眼はそこに釘づけになった。衝撃を受けつつ、何度もくりかえし読んだ。第二次大戦をテーマとした詩は多いが、「崖」はたぶん、もっともすぐれたものの一つになるだろう。

辞書をひかなければわからないという言葉はなく、詩的修飾もまるっきり施されてはいないのだが、しかし、きわめて難解な詩だともいえよう。

最終連の、物体としての女は確かに海へ落ちたのだが、実体としての女は落ちず、行方不明なのだということがわからなければ……。私の考えによれば、行方不明の女の霊は、戦後の私たちの暮しのなかに、心のなかに、実に曖昧に紛れ込んだのだ。うまく死ねなかったのである。自分の死を死ねなかったのである。

そのことを海は、発言しているわけなのだろう。サイパン島玉砕をテーマとしながら、この詩はさまざまな思考へと私を導く。現在でも交通事故で奪われた幼児の生命、心ならずも不自然に中断を余儀なくされた生命たちは、行方不明のままさまよってい
るのではないか……私たちのなかに。

　そして私たちがわれらの文化と呼び、伝統と指しているものも、実はこれら行方不明者たちの捉えがたい怨み、曖昧な不燃焼のことではなかったのか。

　この詩は戦後十五年の時点で書かれたことがわかるが、美しくも凄味のある言葉を生んだのは、戦後間もなく公開されたサイパン島玉砕の記録映画（アメリカ側による）をたぶん、石垣りんが見てのち、十五年近くもそのショックを持続させてきたことと、その体験をみずからの暮しの周辺のなかで、たえず組みたてたり、ほぐしたりしながら或る日動かしがたく結晶化させたものだからだろうと思う。

　私もこの実写記録を見た。子供を抱え、あるいは一人で、何人もの女たちが崖から海へ棒のように落下した。望遠レンズを使って写したらしいそれは、白昼夢のように滑稽で、たよりなげで、異様でもあった。「あれは私だ！」という痛覚もあった。あの日そこに居たなら自分も間違いなく飛びこんでいた筈だから。ただ私はこの体験をうまく組みたてられなかったから尚のこと「崖」という詩に感動するのである。

　この詩を読むと、体験の組織化だけではなしに、「発見」「表現の正確さ」をも兼ねそなえていることがわかる。この詩に限らず私がはたと立止ってしまった美しい言葉

たちは、おおむねこの三つくらいの要素が重なりあっている場合が多い。

ふつう一般の日常会話もそうだが、また、文学作品についても当てはまることだろうと思う。すくなくとも私はそうである。発見のない、表現の不正確な、体験の組織化の果されていない作品は読むに耐えない。


以上、言葉を生む母胎のようなものばかりに触れてきたが、実際、私は人の話を聴く場合、現れた言葉の形、形式には殆んどこだわらない。こだわらなさすぎて困るぐらいである。もう少し、こだわるべきかと思っている。文法的におかしいことや、自分の行為にうっかり敬語をくっつけてしまっているのよりも（避けられればそれにこしたことはないが）むしろ内容の方がはるかに気にかかるのである。乱れていようが、珍妙であろうが「ああ、久しぶりに人間の言葉を聴いた」という、一種のよろこびを呼びさましてくれるものを、私は美しい言葉だと思っている。

それは傑出した人の傑出した言葉とのみは限らない。新聞の投書欄のなかに、行きずりの人のことばのきれはしに、友人とのだべりや批判のなかからも得ることはできる。

ただ年々、それらは乏しくなってきつつあるような気がしてならない。人々はあまりに忙しすぎるのだ。

毎日誰かしらと話している。

毎日何かしらを読んでいる。

毎日なんだかんだの日本語を聴いている。

言葉の渦であり、言葉の氾濫、洪水であり、日本語の賑やかなこと驚くべきものだが、その実おそろしく、一人の人間の鮮烈な言葉にゆきあたらない、ということなのだ。

打合せのための事務的な言葉、利害を分ちあうための暗号、記号、符牒のようなものはとびかう。政治家の煮たか焼いたかわからないような言語料理法、コマーシャルの白髪三千丈的な大袈裟さ。いまはやりの「接触する」「……という感触があった」などが示しているように昆虫の触角のふれあいのような、また小当りに当ってみるという痴漢を連想させるような妙ないいまわし。こんな言葉のなかからは、もはや人間の交流など望みうべくもない。

都会地でそれらは一層はげしいが、都会の人々がやたらに旅にあこがれるのも、地方にはまだ人間のことばが残っていそうに思われ、ことばの平常心、ことばの健やかさが何気なく匂っていそうに思われて、それに触れたいという無意識の願望も隠れているのではないだろうか。

言葉は耳のまわりを、目の前を飛びかい、なんとか人の心に痕跡を残したいと騒ぐが、受けとり手はただただ馬耳東風にきき流してしまっている。人の話すことに好奇心なり関心なりを動かさなくなるとき、それが老化現象の第一歩だと思うが、社会現象としての老化徴候は言葉だけから見ても深く静かに進んでいて、既に老人のような若者もいっぱいだ。

かくいう私自身も、大事なことくだらぬことひっくるめて、もう沢山、聴く耳もたぬという態度になっていることがかなり多くて、その怠惰さにハッとなることがある。こうしたことが習い性となると、たぶん自分の発する言葉もきわめて安易な出かたをするようになるだろう。それもまた人々によって馬耳東風にきき流されてゆくだろう。「言霊の幸ふ《さきは》国」などと勝手にきめてきたわけだが、それにしてもこうしためったやたらな溢れかえりを指したものではなかった筈である。一人の人間のなかに長い間あたためられ、十分に蓄電されて、何かが静かに身を起し、ぽっと燈りのつくような、言葉が幸《さち》そのものを呼びよせてしまうような、あるいはまた鋭い電流が一瞬に走り出すような、言語機能の不可思議さ、不可知さを言霊と名づけたものだろうが、この魅力ある霊《たま》の所在を示すような言葉に、なかなか行きあえないことをひしひしと感じる。

またしても暗くなったが、やむをえない。「言葉の不在」は、まっすぐに「人間不在」につながるもので、考えてみるとひどくおそろしいことである。

けれど毎日毎日を、そらおそろしやと思って暮しているわけではけっしてない。ある日、ある時、美しい言葉に出会った瞬間、愕然とそのことに気づかされるのである。

II

詩は教えられるか

数年前のある秋のこと、夜行で発って朝まだき、開門されたばかりの法隆寺へ辿りついたことがあった。帚目のすがすがしい境内をこころゆくまで歩いて、

柿くへば鐘が鳴るなり法隆寺

の子規の句碑の前でしばし黙読していると、白い遍路姿の女性が近づいてきて尋ねた。「なんと読むんです?」みれば老女というには間のある人で、眼をわずらっているらしく赤かった。私は音読した。「どういう意味ですか?」ときかれ「そうですねえ、柿をかじっていたら折しも法隆寺の鐘が鳴ったというわけでしょう」彼女は腑に落ちないらしく、更に迫った。

「つまり、どういうことなんですか？」そう言われても困る。私は二度同じことをくりかえしてその場を離れた。石碑に刻まれているのだから、彼女はもっと深遠な意味があるに違いないと思ったのだろうか。しばらくこちらの心に落ちつかないものが残った。

柿を食った　鐘が鳴った　法隆寺の鐘だ

というだけのリトル・ポエジイをその場で享受できなかったら千万言を費しても無駄なような気がする。

子規の表現したかったのは天地有情であったかもしれない。寂漠さであったかもしれない。あるいは明治の青年の客気であったのかもしれない。子規は愛媛県出身、結核にだいぶ悩まされたらしい。歌人としてのほうが知られていて、その文学史的に果した役割などもるる述べれば遍路姿の人はわかってくれたであろうか？　こうしたことは、かの一句とまったく無関係のような気がする。無署名であってもいいものはいいし、駄目なものは駄目なのだ。

詩はそれこそ、まるのまま齧るしかない。

「詩は教えられるだろうか」という設問を与えられて、すぐに思い浮べたのは、あの秋の法隆寺での、自分自身の困惑であった。

いま学校の国語の授業がどのような具合に進められているものか、見聞する機会はない。ただ中学校、高等学校の教科書をたまに見る機会があって、そこから推察されるものはある。

第一に思うことは、詩、散文、含めて、教科書の作りかたが至れりつくせりで、①辞書を引くまでもなく難しい言葉の訳は付され、②親切きわまる学習の手引きあり、③更に考えるポイントまで十分に提示されている。

非常に煩わしい印象を与え、私が子供だったら、げんなりすること必定である。

これらのことどもは、教師用の副読本、ないしは指導書として、もっと高度に作られてしかるべきであり、れいれいしく教科書に附されるべきではないと思う。この点に関しては、戦前の教科書の原文だけを掲げた、そっけないものの方が、まだしもすぐれていたという感じを否めない。

言ってみれば中途半端な解説に終始し、子供独自の感受性、能動性を先取りし、きわめて押しつけがましいのである。

教師の個性に溢れた、とびきりの解説が行われるかもしれない「場」をも奪っている。

教師がこれらの学習の手引きを唯一の拠りどころにするならば、おそろしく魅力のない授業になるだろうということは、十分に想像されるのである。

中学二年生用の或る出版社の国語教科書に私の詩「六月」が載っている。短いので引用させてもらう。

六月

どこかに美しい村はないか
一日の仕事の終わりには一杯の黒ビール
くわを立てかけ　かごを置き
男も女も大きなジョッキを傾ける

どこかに美しい町はないか
食べられる実をつけた街路樹が
どこまでも続き　すみれ色した夕暮れは
若者の優しいさざめきで満ち満ちる

どこかに美しい人と人との力はないか
同じ時代をともに生きる

親しさとおかしさとそうして怒りが
鋭い力となって　立ち現われる

この教科書を採用している、愛知県のある学校の中学生が手紙をくれて質問してきた。要点は「先生を含めて、生徒みんなで討論したが、これは作者が外国に行って日本を憶い書いた詩であろう。六月は雨期で一番厭な季節だが、この詩はへんにカラッとしているのは何故か？　題との関係がまるでわからない。これは都会人の考えている農村にすぎない等々いろいろ出て、よく摑めない。作者自身の答をききたい」というものだった。この時にも私は困惑した。

詩を読むのに、まるで真理か定理を探究するような姿勢である。つきつめて考えれば、動かしがたい答が出てくるかのように。

私は長い返事を書いた。「詩というものは、人それぞれで、どのように読みとってもいいものである。日本国を一歩も外へ出たことはないけれど、外国で書いた詩と読んでくれても、いっこうにさしつかえない。六月はたまたま私の誕生月で、書いた時も六月だったから深く考えもせず題をつけてしまった。うっとうしい雨期だから、逆にカラッとした詩を作っただけだろうと思ってくれてもいい。

この詩を書いた時、私はコンクリートでかためられたような街に住んでいて、土をみることがなかったし、緑もまったく乏しかった。陸にあがった魚が水をこがれてパクパクするように、殆んど溜息のようにふーッと出来てしまった詩である……」などと書いてゆきながら質問者を納得させる答にはなっていないのを自分で感じていた。作者が良い解説者とは限らない。自分の書いたものについては、一番失語症にかかりやすいかもしれないのである。はたして中学生からは「わかった」とも「返事をありがとう」ともこなかった。

この学校の教師は、詩の解釈に終始し、教科書の〈学習の手引〉通りに、「この作者は何を夢みて、どんな生活を想像してうたっているかを考えてみよう」式に、教科書にまことに忠実にのっとって進め、そのあげくに全員がもやもやしてしまったのではないかと思う。

私が教師だったらと考えてみる。

この詩を良いものと判断し、この詩を愛し、自分の心に何か触発されるものがあったとしたらば、その触発されたものを起点として話すだろう。ビールのことで一時間費してしまうかもしれないし、街路樹のことで夢想を語ってやまないかもしれないし、連帯の在りように関しての体験と思考をぶちまけるかもしれない。愛するものに関してだけ、人はすぐれた批評家になりうるし、言葉を導き出せるし、他人にも何ものかを伝えうるだろう。先に、とびきりの解説と言ったのはそういうことを指したのである。

この詩がまったく気にくわなかったら（それは大いにありうる）軽くいなして通るか、あるいはまったく無視してしまうだろう。

そして自分の選んだ詩、情熱をこめて喋りたい詩を教材にしてしまうだろう。

思いついて電話した、私の知人の息子がＭ中学の一年生で、この学校の先生は教科書を殆んど無視し、先生の好きな詩をプリントして、それをもとに詩の授業を行うそうだ。

先生は田中冬二を愛して教え、立原道造をけなすそうだ。好みをはっきりさせる先生はいい。こういう先生も実際に居ることを知って私はうれしくなった。自分の詩の好みが古風ではあるまいか？　などと案じる必要はさらさらないし、解釈にのみこだわる必要もないのである。その時点における自分の詩的教養を傾けつくすよりない。

生徒は教師の言ったことを生涯、後生大事に抱えてゆくものではない。あるときには徹底的に訂正され、否定されるだろう。人生体験の積みかさねの上で、教師の言ったことにアッと気付くこともあろうし、それ以上に読みの深められてゆくこともあろう。かつて子供時代を経過した大人にとって、それはわかりきった話なのだが、教える段となると、ソツなく完璧にやろうとして、のびやかさを失うようなのだ。

私の小学校時代にT先生という方がいた。国語の時間に、教科書とはまったく別に「朝顔につるべとられてもらい水」という句の解説をした。「これは僕の作った句だが……」という前置きがあり、おもしろおかしく状況を説明された。子供たちは感心して聞き入った。それというのも「僕の作った句」の一言に惹きつけられたからだろう。これが加賀の千代女の句であることを知ったのは、それから何年も経ってからだった。

ぬけぬけと盗作まがいなことをやって、ひどい先生もあるものだと呆れたが、今は一寸違う。ああいうすべり込ませかたもあったのか……とむしろ感服する。俳句などの短いものでも諳ずるということはなかなか出来ないものだが、「朝顔」の句は、将来、脳軟化症にかかったとて忘れられないいんじゃないかと思う。この先生の家は農家で、家には大きな水槽をしつらえ、金魚に夢中で、新種のランチュウの孵化を夢みていた。特別の方法論で行なったとは思われない。一寸した悪戯にすぎなかったわけだが、こうした野放図さが、今の詩の授業には、ひどく欠けていそうに思われてならない。

学校教育の場で詩は教えられるか？　と問われたら、教えられるかもしれないし、教えられないかもしれないと言うしかない。双方の質ということもあれば、出会いということもある。詩に志す大人にでさえ同じことが言えるだろう。

一方の極に、詩を直観的につかまえられる子がいる。

一方の極にまったく詩に不感症の子がいる。(不感症の子は情操に欠陥があるなどと思ってはいけないのだ。一生詩などと無縁であるのもいいものだ。そういう人のなかに、なまなかの詩人より、はるかにポエチカルな生き方をする人もある。)

二つの極の中間に、ちょっとしたヒントや、刺激によって詩に興味を持つかもしれない大多数の子がいる。その中間地帯へ向って力が注がれるわけだろう。

「詩の教えかた」も戦後に限って幾変転を重ねてきているようで、尚、試行錯誤のなかにあるようにみえる。私は思うのだが、それはむしろ当然のことである。

万人にぴったりはまるような「詩の教えかた」などある筈がない。幾何の証明のようにはいかないだろう。「詩の教えかた」は百家争鳴であるべきで、それぞれがそれぞれの方法論を探ってゆくしかないだろう。

詩は、精神のストリップのようなもので、大事なところは、ひたがくしにされていることが多い。ひたがくしというよりも、作者自身言葉を失い、不立文字の場所に至るということで、何もないため無言ではなく、ひしめきあっているための沈黙という性格が強い。

詩はそこに至る布石を正確に置いてあるにすぎないかもしれない。認識的性格の強い詩で、布石どおりに辿れば、こうとしか読めないという、かっきりと明晰な詩もあるが、おおかたの詩はそうではないのだ。

だから正攻法で突入しようとすると、たいていは失敗する。間接法で側攻で変幻自在に触れるしかない。「柿くへば鐘が鳴るなり法隆寺」も、その伝で、「秋の法隆寺はなんといってもいい、やっぱり日本人のふるさとだ」或いは「斑鳩の里の柿は小粒だが、どこで食った柿よりもうまかった」などと、咄嗟に言えば、かの人も「ははン」と言ってくれたのではなかろうか？　と思うが、保証のかぎりではなく、第一後の祭である。

一篇の詩は、わかる子にはパッとわかるだろうが、大多数の子にとって、それは寝そべったまま死んだ活字にしか見えないのではないか？　教師の役割は、寝た子を起こし溌剌と遊ばせてやることかもしれない。楽譜を起こす演奏家、台詞を立たせる演出家の役割である。

演出の方法は無数に分たれるだろう。舞台芸術がその日の観客の参加によって、多彩に相貌を変えるように、詩の授業も一つとして同じ日はないかもしれない。逸脱やハプニングによって教師は逆に痛烈に教えられることもあるだろう。

国語の授業というのは、日本語をいろんな角度から意識させる（それもいきいきと楽しいものとして）ことだと思うのだが、詩もその一環にすぎないわけだ。

大学の受験問題など見ると、国語というより法律文の解釈のような出題のしかたで、小学校から大学に至るまで一貫してこういう国語教育がされているのだろうか？　と暗澹とさせられることがある。

その反面、また、最近詩を好む若い人たちが増大しているのを見ると、小学校から通しての詩の教育の成果であろうかとも思う。

書き手、読み手の質を考えれば、そう喜んでもいられないが、ともかく詩という非実用の言語の魅力――それへの最初のとっかかりを与えたのは、なんと言っても四苦八苦しながら教えてきた教師たちで、心もとない状態で撒かれた詩の種が、発芽していると見ていいのかもしれない。

これは戦後のきわだった特徴で、私の若い頃にくらべると隔世の観がある。

詩の最大の敵は、固定観念というものだろう。すぐれた詩はみな固定観念を破った柔軟さを持っている。若い人が詩を好むということのなかに、それがはっきりあるならば、めでたいことだし、詩は教えられた！　ということになるのだが……しかし、それはまだまだ保留だろう。


註・本文中の詩「六月」は教科書に収録されたため、原詩とは表記にかなりの異同がある。（編集部）

私の好きな三月の詩

桃の花

いなかはどこだと
おともだちからきかれて
ミミコは返事にこまったと言うのだ
こまることなどないじゃないか
沖縄じゃないかと言うと
沖縄はパパのいなかで
茨城がママのいなかで

ミミコは東京でみんなまちまちと言うのだ
それでなんと答えたのだときくと
パパは沖縄で
ママが茨城で
ミミコは東京と答えたのだと言う
一ぷくつけて
ぶらりと表へ出たら
桃の花が咲いていた

この詩は「桃の節句」という題で頼まれて、山之口貘が書いた作品である。晩年に近い頃のもので、死後刊行された詩集『鮪に鰯』に収められている。

およそ詩らしくない詩なのだが、私はこの簡潔で、透明で、奥行の深い「桃の花」を大変愛している。ミミコというのは山之口貘のたった一人の娘——泉さんのことで、幼い頃「いずみ」と発音できず、訛ってミミコ、ミミコと自分を称したので、いつしかそれが本名のようになってしまった。

「桃の節句」の詩なのに、おひなさまは、ついぞ出てこない。そこもまたしゃれている。

この詩の行間から、書かれていない作者の言葉を、私はこんなふうに聴く。「パパはモスクワ郊外の生まれ、ママはカリフォルニヤ生まれ、わたしは中国山東省の産……世界中のミミコたちが何でもなく、そんなふうに言えるようになって、女の子の祭ができたらいいなあ……」貘さんの心にそういうものが動いて、出来あがった詩だと見るのは、私の深読みだろうか。

けれど山之口貘の生涯を見る時、こういう読みかたが間違っているとは思われないのである。沖縄出身の彼は、大正十一年、十九歳の時、本土にやって来たのだが、中学中退、沖縄県人ということで、不当に軽んじられた。

就職先を探すさきざきで「朝鮮・琉球お断わり」の貼紙に、人一倍誇り高かった貘さんの心は、どれほどの傷をこうむったことだろう。ルンペン時代が長く続き、十六年間も畳の上に寝られたことはなかったという。

そして亡くなるまで貧乏神との縁を断ちきることができなかった。

国家や民族の持つエゴイズムを、彼は誰よりも肌身で、じかに感じとっていた筈である。

若い頃にアナーキズムの洗礼を受けてもいた。しかし詩だけを読んでいくと、彼のそうした心情の葛藤は、たやすくは汲みとれないようになっている。なぜなら山之口貘は、詩を、不平不満の吐瀉物とは見なしていなかったからであろう。

彼の詩のユーモアは絶品で、日本の詩の流れ全体の上で見ても、それは第一級に属するだろうと思う。そういうところにまず気を取られてしまうのだが、山之口貘の、澄んで、大きく、眼光炯々のまなこは（写真でしか知らないが）本当は何を視ていたのだろうか？　それが大いに気にかかる。

ミミコこと――泉さんは大きく成長して、「お墓の中の私のパパ」という文章を書いている。「山之口貘は本当に人間を愛した詩人だったとみんなが言います。そうでしょうか。私にはわかりません。私はもっと他の言葉を探そうとしています。貘は人間に絶望し、その絶望を自分のみっともない体の一部のようにたずさえて生きていた詩人である――。」

この見かたは正確なのだろうか？　それとも？

ともあれこの文章に接して以来、山之口貘の楽しげで、おかしい詩を読むとき、娘の泉さんの書いた鋭い一章が、絶えず私の頭のどこかにひっかかって鳴るようになった。

谷川俊太郎の詩

谷川俊太郎の最新の著書の一つに『ことばあそびうた』がある。ひらがなばかりで成り立っているこれらの詩は「母の友」に連載されていたもので、連載の当時から私は注目していた。

ひらがなが読める子供なら、一つ一つを辿っていって十分たのしめるだろうし、何よりも大人が読んでわくわくするほどおもしろい。

大人のなかに、まだ子供の部分の保たれている人にとっては。

児童文学を特殊のジャンルのように、かっきり枠づけることを私は好まない。いつか、なだいなだが書いていたが「フランスでは、三銃士を子供が原文のまま読んでたのしみ、大人もまた同じようにたのしむ。字の読める子供から老人に到るまで、年令に応じて理解し、それぞれの仕方でたのしめる本が多いのだ」ということだった。日本の児童文学と言われるものにも、そうした良さを持ったものがないではないが、まだまだ乏しいという気がする。

『ことばあそびうた』はそういう意味で、非常にこちらを満足させてくれたし、新しい創造に思われた。

やんま

やんまにがした
ぐんまのとんま
さんまをやいて
あんまとたべた

まんまとにげた
ぐんまのやんま
たんまもいわず
あさまのかなた

ばか

はかかった
ばかはかかった
たかかった

はかかんだ
ばかはかかかんだ
かたかった

はがかけた
ばかはがかけた
がったがた

はかなんで
ばかはかなくなった
なんまいだ

フォーク・ソングのグループの人たちと話しあったりするとき、私はよく言う。「フォークの面目は歌詞も作曲も自分たちですることでしょう?　そして歌詞を必要とするなら、もう少し言葉をケンキュウした方がいい。谷川俊太郎さんとか、プレヴェールの詩集なんかひもどかれては如何ですか?」神妙に聞いていてくれるが、その後いっこうに寝そべったような歌詞の在りよう変貌せず、おもしろくなるどころか、つじつまの合わなさ、曖昧さにおいて依然、聞くものを苛立たせているのをみると、読みとるということも、また難いかなと思わせられる。

き

なんのきこのき
このきはひのき
りんきにせんき
きでやむあにき

——後略——

十ぴきのねずみ

おうみのねずみ
くるみをつまみ
さがみのねずみ
さしみをうのみ
つるみのねずみ
ゆのみでゆあみ
ふしみのねずみ
めやみになやみ
あたみのねずみ
はなみでやすみ

あつみのねずみ
むいみなそねみ
きたみのねずみ
はさみをぬすみ
いたみのねずみ
かがみがかたみ
たじみのねずみ
とあみがたくみ
おおすみねずみ
ぶきみなふじみ

ねずみは嫌いだが、「十ぴきのねずみ」は大好きだ。
『ことばあそびうた』を、もしあの人がやったらどういうものになるだろうか？　この人がやったらどういうものが出来るだろうか？　好きな詩人の誰彼を想定してみる。そして、それぞれにおもしろいものとして浮かぶのだが、仮空のそれらと、谷川俊太郎のものとを比較して、谷川俊太郎の個性として分離できるものは何だろうか？

思うにそれは「日本語へのなつかしみ」という点に於て立ちまさるだろう。「日本語の端正さへの志向」に於て群を抜くだろうと思うのだ。

いかに高尚で、深遠な内容を持とうとも、読んで「日本語へのなつかしみ」を誘い出されないものは詩として失格だという考えが、どうも私の奥深くにあるようだ。

英詩には英語へのなつかしみが、ドイツ詩にはドイツ語へのなつかしみが、ロシヤ詩にはロシヤ語へのなつかしみが、漢詩には漢語へのなつかしみがある筈である。それが基点となって書かれ読まれていくのだろう。

総体的にみて、日本の近代以降の自由詩はそれを取り落してきてしまったなあ……と思うのである。

谷川俊太郎の日本語に対する感受性、なつかしみの感情（もしくは憎の）、どんなに破格を試みても、どうしようもなく匂ってくる端正さ、これらのきわだった特色は別に『ことばあそびうた』で突如として出てきたものではなく、第一詩集『二十億光年の孤独』から一貫して流れつづけてきたものであることが重要である。日本語をサディスティックに扱い、醜悪あられもない悲鳴を挙げさせている例は皆無といっていい。

たそがれ

たそがれくさかれ
ほしひかれ
よかれあしかれ
せがれをしかれ

たそがれくまかれ
きつねかれ
けれどおちうど
かるなかれ

たそがれはなかれ
みずながれ
なかれたたかれ
かれののわかれ

これは集中の傑作で、哀しくなるくらいのものである。終連で、子供だったら他愛もない喧嘩、しかし彼らにとっては全世界でもあるような喧嘩わかれのことを思い出すかもしれないし、大人だったらもっと情痴のからまりついた生きわかれの場面を想起することになるだろう。韻を踏み、日本語を単純の極にまで押しつめ、表音主義とも表意主義とも、どちらにも取れ、かつ、詩に必要な感情の世界をも定着しえている。

いるか

いるかいるか
いないかいるか
いないいないいるか
いつならいるか
よるならいるか
またきてみるか

いるかいないか

いないかいるか
いるいるいるか
いっぱいいるか
ねているいるか
ゆめみているか

実にうまいもので、今の、語呂合せや駄じゃれの得意な子供たちに、すっと入ってゆくだろう。これらはナンセンス・ソングとして、しめくくられるかもしれないが、そんなレッテルを貼ってしまうことに私はためらいを覚える。

『ことばあそびうた』は谷川俊太郎の傍系の仕事とは思わず、児童文学のジャンルとも思わず、本格的な詩集と目して少しもおかしくはない。

「母の友」に連載中、愛読していることを告げると、彼は「気楽に書いているように見えるでしょう? だけど本当は違うんだ。一篇に一月以上かかって、〆切までひいひい言って書いてるんだ」と言った。普通の詩以上に心血そそぎ、一篇一篇が七転八倒の末、出来上ったものであることを知ったが、そういう裏話があるから本格的と言っているのでは勿論ない。

今年の「国文学」三月号に「原初的感性―忘れものの感覚について」という文章を書いた。その時、谷川俊太郎の
「かなしみ」　　　　　　　　　　（『二十億光年の孤独』）
「愛―パウル・クレエに」（『愛について』）
の二篇を引用し、この二つの詩を語ることによって、日本の原初的感性の欠落部分を照らし出すという方法に、期せずしてなってしまった。これは、その場の思いつきではなく、長く私の中にあった谷川俊太郎理解の骨子とも言うべきもので、それはそう簡単に動かないから、ここでまた一部をくりかえすことになってしまうが、谷川俊太郎の今までの全詩篇のなかで、その中心部――核とも言うべき詩は第三詩集のなかの「愛―パウル・クレエに」であると断言した。

愛　Paul Klee に

……
……
たちきられたものをもとのつながりに戻すため
ひとりの心をひとびとの心に

塹壕を古い村々に
空を無知な鳥たちに
お伽話を小さな子らに
蜜を勤勉な蜂たちに
世界を名づけられぬものにかえすため
どこまでも
そんなにどこまでもむすばれている
まるで自ら終ろうとしているように
まるで自ら全いものになろうとするように
神の設計図のようにどこまでも
そんなにいつまでも完成しようとしている
すべてをむすぶために
たちきられているものはひとつもないように
すべてがひとつの名のもとに生き続けられるように
樹がきこりと
少女が血と
窓が恋と

歌がもうひとつの歌と
あらそうことのないように
生きるのに不要なもののひとつもないように
そんなに豊かに
そんなにいつまでもひろがってゆくイマージュがある
世界に自らを真似させようと
やさしい目差でさし招くイマージュがある

パウル・クレエに捧げられたものだが、彼は自分自身をもよく語っている。人をも含めた地球の性格のなかの〈やさしさ〉への荷担、それへの決意と言ったらいいだろうか。

多くの詩は、この核を中心に放射線上にひろがり、豊穣なヴァリエーションを成す。これから書かれるだろう多くの詩も、波紋となって拡大されるだろうが、収斂さるべき一点は「愛——パウル・クレエに」だろう。

言いかたを変えるなら、彼の主題は「愛——パウル・クレエに」であり、今も孜々《しし》として書きつがれているフーガである。

他の詩人たちをみた場合、中心部——核となる部分をはっきり摑み出せる人と、中心部がキョロキョロ動いて捉えがたい人とがある。どちらがいい、どちらが悪いではないが、谷川俊太郎は前者であり、私にとって、この詩は谷川俊太郎理解のマスター・キイになっている。この詩に現れた〈親和力〉への熱い希求は、ほぼ完璧で、まったくいい詩を書いてしまったものだ。〈親和力〉とはまた古風な言葉が出てきてしまったが、外に言いようもないから仕方がない。

少年時代から既にいい詩を書いてしまっていた彼は、それから長く「愛」という言葉と実態にこだわりつづけた。だいぶ昔、「俊太郎ごとき若僧に、愛について教えてもらう必要はない」といった年輩詩人がいたけれども、年輩詩人の愛は「男女の愛」を指し、谷川俊太郎の愛はそもそもの当初より、もっと多くを包含した「宇宙的愛」というものへの志向を持っているのだから、その感じかたの落差が少々おかしかったのを覚えている。

「愛―パウル・クレエに」は『ことばあそびうた』を見る上でも、十分適用される。単語としてばらばらに散らばっている日本語、生命のあるような、ないようなそれらに、彼は一寸手を貸しただけのようなそぶりで（実際には苦闘して）新しい息を吹きこみ、日本語の親和力を開示してみせてくれている。『日本語のおけいこ』時代よりも更に冴えた形で。

自己表現のための道具として言葉を操り、ねじふせているのではなく、日本語自身の晴れ姿（？）のためにだけ手を貸している。主語がないせいでもあるだろうが、長い時間をくぐりぬけ否応なく推敲されてきた古民謡の詞と、一脈相通じているものがある。敢えて言うなら品格だ。

「愛―パウル・クレエに」が谷川俊太郎の詩篇の核であるという説は、今までになかったような気がするので、これは私の谷川俊太郎発見と言えるかもしれない。もちろん、これが唯一無二の真実だなどというつもりはない。別の観かた、捉えかたもある筈である。

そして、この詩を谷川俊太郎の中心部に置くという捉えかたには、谷川俊太郎の今後に対しての、私の強い願望も含まれているらしい。詩人として生きる以上、生涯、このみずからが結晶せしめた中心部を見失ってくれるな、踏みはずしてくれるなという願い。

彼はみずからを責める人であり、自己検証を怠らない人だ。彼の反省癖には、まだ中学生のような初々しさがある。それは柔軟性として彼をなかなか老いさせない良さとなっているのだが、同時に何かの拍子に、だだっと足場を崩しかねないという、かすかな危惧の念にもつながる。不合理きわまる神託に、何時いかれないものでもないという。

「居直るところは、もっと居直っていいのよ、谷川さん！」と言いたくなることは、しばしばある。

「脱皮せざる蛇は滅ぶ」というけれども、谷川俊太郎はそのことをよく知っている。鼻下にひげを蓄えたり、まもなく剃りおとしたり、丸坊主に近くなったり、また髪をのばしたり、ホテルでメキシコ人に間違えられればメキシコ人になりすまして出てきたり、かなり忙しいが、これらは外部にあらわれた脱皮への欲求だろう。

彼の十代後半の詩から、ずっと接してきた者として視ると、その詩の質も微妙に変ってきている。特に連作「鳥羽」のあたりから、苦渋の色を濃くしてきている。これは洗い出されてきた直截さともいえるし少年（妖精）のうたから、生活にからめとられた大人の詩への脱皮であり移行でもあった。

「このごろのあなたの詩には、男の苦味のようなものが強く出てきましたね」

と、つい最近、私は言った。

「中年の魅力！」

と彼は即座に言い放ったので、

「ええ、まあね」

と笑い、それで話は別のほうへ逸れてしまった。その時、言いたかったことといえば、あなたは自分の若さというものに、きわめて忠実な人だった。歳月を経て自分の若さを振りかえったとき、とんでもないものに取り憑かれていた〈間違えていた若さ〉に、しまった！　と臍かむ思いをする人は多い。けれど、あなたにはそうした悔いはまずないでしょう。若書きへの照れはあっても。

正直さと自分自身への誠実さとの成果でうらやましいことです。人はそれを育ちの良さでかたづけてしまうことが多いけれど、私はそんなものとは思っていない。人一倍の力闘があった筈です。環境の如何にかかわらず、自分が自分の教師になりえた、自分で自分を育てえた、すぐれた例として、対比的にたえず思い出されるのは、谷川俊太郎さんと石垣りんさんです。謙虚さにおいて、自分の育てかたにおいて、お二人は、私には、まったく等価値の存在にみえている。中途半端な学問をして、みずからの感受性を曇らせる、ということからも無縁であった点でも似ています。

一寸それてしまったけれど、谷川さんもはや中年、自分の若さに忠実であったように、自分の中年にも、その隅々に至るまで忠実であってほしいな。そして同じく「やがて来るだろうあなたの老年にも」というようなことだったのである。

人が辿る年令の曲線を詩人もまた素直に辿らなければならない。若さの表現がずばぬけていたためか、特に彼にはこの義務が強くありそうに思えるのだ。けれどこれだけでも言いつくせない。詩を書く人間は、どこかで、年令をまったく超越しなければならないだろう。でなければ詩を書く活力なんか生まれてきっこない。この相反するもの二つとも手離せないということ――そのことをも谷川俊太郎はよく知っているように思える。

……

でも何もかもつまらないよ
モーツァルトまできらいになるんだ
（「夜中に台所でぼくはきみに話しかけたかった」）

ゆゆしき二行。にがよもぎ。思わず「あれ本当？」と聞いてしまったのだが、「モーツァルトがいやになる日もあるし、ききたくなる日もある。だけど、そう書いちゃ詩にならないでしょう？　それに第一、みんな告白詩としてしか読んでくれないんだナ」この答は非常におもしろかった。

そういえば青春讃歌を書いていた若き日、彼は「何もかもつまらないよ」という顔つきを実にひんぴんと露骨に示していたのを思い出す。しかし詩句には現れなかった。そして今、他者への思いやりが深くなり、わがままが克服されてきた時点で、逆にこうした詩句がさらさらと出始めてきたわけなのだ。

しかし、まあ、客観的にみて、最近の詩が年令と不可分な倦怠感を滲み出させているのは事実であろう。これをもフーガの一パートというふうに私は聴くのだが、若さ

の讃歌すなわち谷川俊太郎と思い込んでいる読者には、戸惑い、あるいは失望という
ふうに映っているのかもしれない。
にがよもぎみたいな詩を書く一方で、年令を超越した『ことばあそびうた』が同時
に生れている。端倪すべからざるところである。
今までのところ谷川俊太郎は、どこを切っても、醇乎として谷川俊太郎である。

ふだんの言葉のはしばしから、彼は自分の生活をまるごと変えたがっているのが感
じとれる。〈島尾敏雄の生きかたが、今の僕の理想だ〉と言ったり、何かを依頼する
と「詩以外のことで、人の役に立てるのが、僕にはとってもうれしいんですよ」と言
ったりする。詩を書くことが〈虚妄のなかの虚妄〉であることを、熟知している人で
なければ、こういう真率で肉化された言葉は出てこないだろう。
仕事という仕事、職業という職業、その一つ一つはすべて虚妄だ。最初から意義が
あり、神聖な仕事なんてものは一つたりとも思いつかない。しかもそれらの中でも、た
詩の虚妄ぶりは最右翼であるだろう。しかし一つの仕事を選び生涯を賭けたとき、た
まに負が正に転化する場合がある。社会的に認められたとか認められなかったとかい
うこととは、まるっきり無関係に、不毛のままにさらされていたとしても、否定しが
たく人間の仕事としか言いようもないものにぶつかることがある。それが何であれ、

人の仕事、職業というものに価値を見、打たれる場合は、その一点をおいてはない。詩もまたしかりであるだろう。

谷川俊太郎には、そうした覚悟も出来ていそうに見受けられる。日本のマスコミやジャーナリズムの中でしか生きられぬことを知っていながら、なればこそ、それへの秘めた抵抗も強く、別な形への模索を、もっとも鋭く意識している一人のように思われる。

この後も彼が詩という〈虚妄〉に踏みとどまるだろうことは、ほぼ間違いないが、それがどんな形態を採ってゆくことになるのかは、予測を許さないところがある。

友人としての彼は、ずばりずばり物を言ってくれる。「あなたの発想はすべてパブリックにすぎるよ」とは何度言われたかわからない。「おや、ぐっとうぬぼれましたね」と言われるのは一番まいる。

「あなたの人へのやさしさってのは、つまりはあなたの性格の弱さからきているんだな」これは的確で、肝に銘じている。

「そんなことは僕にじゃなく、だんなさんに言って下さいよ」と言われ、ずいぶん筋ちがいのところで勢いづいていたことに、はたと気づかされたこともあり、つい最近は「それは偽善者的ってもンだ！」とやられた。

それぞれ手きびしく、ふつうならカッ！　となるところだが、谷川俊太郎に言われた場合は不思議に腹がたたないし、むしろ小気味よいひびきをもって伝わる。人徳と言いたいところだが、いささかの分析を試みるなら、それはたぶん、彼のエッセイ類を見てもわかるとおり、こうした矢は、常に誰に対してよりも自分自身に一番鋭くつきたてられていることが、私にもどこかでわかっているからだろうと思う。

しかし結果的にはやられっぱなしで、こちらは何一つやっていない。というのも、何を言っても、こちらが言うほどのことは、既に彼の中で自己検証済に違いないと思わせられるからなのだ。この際、何か一つやらなくちゃ。

この聡明なひとにも、どこかに盲点はある筈だ。サムソンの毛に当るような部分はないものかしらと、いろいろ思いめぐらせているとたった一つ見つかった！「マリリン・モンローに永遠の愛を捧げる」と広言してはばからないところである。これはまったくわからない。モンローは見た目にかわいいひととは思うもののそれ以上何一つピンとくるものがない。

いろいろ説明してもらったが、「小犬が走っているのをみて不意に涙ぐんでしまったりすることがある。それと同じような感動をモンローに感じてしまう」と言われても腑に落ちない。存在感のことであろうとは思うものの、女は小犬なみなの？　となる。

「モンローの顔を見るとき、私の中の最も深いところにある、セックスが動かされるのを感ずる」(「私のマリリン・モンロー」)という説明は、今までの中で一番よく出来ている。こう言われてはどうしようもない。しかしである。永遠の愛を捧げるにしては、何かが欠けていはしないだろうか? そのひとを憶うことによって精神が高みに引きあげられるといった聖なる昂揚感を含んではいないようなのだ。モンローはベアトリーチェでもあると言いたいのであれば、今までの説明ではやはり不十分である。彼の表現力をもってしても自分の好みを、それのわからない他者に伝えることができないでいるのは、愉快でないこともない。

モンロー・ファンは世界に多く、社会主義国の男性たちも熱烈だと聞いた。資本主義の犠牲者、そのことへのいたわりという、まなざしもあるようだが、自他ともにそう言いくるめようとするのならば、谷川俊太郎より、はるかに不正直だと直観させられる。丸太ほどの腕を持ち、機関車まで運転する逞しい自国の女性たちとモンロー熱とは、どこでどうつながるのか、べつに統一してもらう必要もないのだけれども異和感は残る。

そして、谷川俊太郎にも、そのような分裂を感じないわけにはいかない。現実の彼の女性観は、モンローなどよりはるかに進んでいる。たとえばもっとも身近な女性——妻への対応などは見事なものだ。まさしく一対一であり、お互いが鍛え、鍛えられる葛藤の場として保持し、そこから逃げようともしていないし、屈服させようともしていない。彼が現在摑んでいるもっとも良質なものは、この鍛練の場から、もたらされたものだと感知させられるものは幾つかある。

されど、夢のなかの女はモンローなのだ。へんな話である。モンローは映画や写真でみるかぎり、いつも半ば口をあけ、モンロー・ウォークを案出し、みずからが馬鹿な女を演出してきたようにみえる。馬鹿ぶる女は利口ぶる女より一層かなわない。それとも本当の馬鹿だった？　自己愛ばかりで何一つ愛せなかった人のようにもみえる。「大賢は大愚に似たり」ともいうから、モンローも思いの外の大賢であったのかもしれないけれども、やっぱり駄目なものは駄目だ。結局、「あんな、うすらばかみたいな女《ひと》の、いったいどこがいいの、あなたともあろう男《ひと》が、いつまでも」という一矢になる。

井伏鱒二の詩

井伏鱒二の詩集を一度読んでみたいと願うようになってから、もう十年以上は経ったかもしれない。さまざまなアンソロジイに、二、三篇採られているものに心惹かれ、また人が時々引用する漢詩の訳にも魅力を覚え『厄よけ詩集』なるものを通読したい思いがつのった。

つのったけれども無精ゆえ、古本屋を探す根気はない。それに古本屋で昔のいい詩集をみつけ、いざ求める段になって腰をぬかすほどの高値に蒼ざめるのは、精神衛生上このましくない。近くにいい図書館もないし、全集には入っているだろうが、さて筑摩書房から出ていたのだったか……こんなふうで願いとはうらはらに実際面ではあまり動かなかったのだった。

交通公社から出ている「旅」という雑誌があり、そこにいろんな人が、「私の愛する詩」というのを挙げていたことがある。そのなかに或る学者が井伏鱒二の「逸題」をとりあげていたことがあった。家人がそれをみつけ、いたく気に入ったらしい。なかでも二連目の

春さん蛸のぶつ切りをくれえ
それも塩でくれえ
酒はあつ173いのがよい
それから枝豆を一皿

というところが気に入って、晩酌のときなど「春さん蛸のぶつ切りをくれえそれも塩でくれえ」などと叫ぶ。

さほど蛸が好きなわけでもないのに、ひょいと口にしたくなるようなのだった。私も長く詩を書いてきてしまったが、読んでくれた人がお酒を飲んでくつろいだ時、ひょいと一節口ずさみたくなるような形で印象づけられているとは到底おもえない。いわば、かなり嫉けることなのであった。

そして家人は、私以上に『厄よけ詩集』を読みたがり、私の気持も更に拍車をかけられた。本屋で幾種類かの井伏鱒二集を調べたが、詩はどれにも入っていないのだっ

た。

上石神井に住む松永伍一さんが自転車に乗って遊びにきた時、話がそのことになった。『厄よけ詩集』には二種類あって、旧版は『厄除け詩集』であり、新版は『厄よけ詩集』とかながきになっていて、新版は昭和三十六年に国文社から出版されたのだが、その時松永伍一さんは出版を手伝ったのだそうだ。

井伏家で、おいしいまぜごはんを御馳走になったこともあるという。燈台もと暗しとはこのことか……「井伏鱒二とまぜごはん」という取りあわせもなぜだかぴったりしていて、そういえば「まぜごはん」という、あたたかで柔らかい日本語を、しばらく忘れていたような気がした。

改めて松永家に『厄よけ詩集』を借りに伺い、大事に抱えてきて、私はうれしかった。文献などと同じく探す心を失わないでいると、いつかはめぐりあえるのかもしれない。

一読、これほど愉快になった詩集は、これまでになかったような気がするのだ。最初から最後まで、笑いがさざなみのように立ち、あるところでは爆笑になった。詩集を読んでこんなに笑っていいのかしらと思うほどである。よみすてるのは勿体なく、一冊のノートに全篇を写しとった。奥付に至るまで舐めるがごとく写しとるなどという所行は、今までにまったく無いことであった。

それで不意に気づかされたことは「詩と笑いとの関係」である。詩集をよんで大いに笑うということが、今までにあったろうか？　これまたどうも無いのであった。部分的に笑わせられたということはある。けれど一冊の詩集として哄笑に満ちたものというのには出会ったことがない。

古今東西、詩というものは、悲愴味に勝ち、絶唱をもって良しとするような風潮が抜きがたくある。悲しいときに作ったものは傑作になりうるが、うれしい時に作った詩は読むに耐えない、詩はなんといっても悲愁の文学であるという説もきいたことがある。詩に対する一般の観念は、大体こういうものだろう。

井伏鱒二は何も言ってはいないが、その固定観念をさりげなくぶち破っている。詩の最大の敵は、あらゆる固定観念である。だとすれば、『厄よけ詩集』はまことに値うちのある一冊ではあるまいか。

しかし、現在、詩を書いている人たちの間で井伏鱒二の詩が話題にのぼるということは、まず無い。井伏鱒二の詩など、まったく無視することが現代詩人の資格とでも思っているならば、三好達治が言ったという「現代詩はヘボ筋に迷いこんでいる」が、当を得た批評と言うべきかもしれない。

井伏鱒二の詩は、言ってみれば余技のおもしろさである。小説が本領であり、詩にはおそらく何ものをも賭けてはいなかったろう。そこに遊びの精神や、ゆとりを生じ、ノンシャランな楽しさを横溢させることが出来たのだ。井伏鱒二が、かつて四季の同人であったこともあるのを、つい最近知って一寸びっくりしたのだが、生涯、精魂を傾けて詩ひとすじに生き抜いた誰彼の詩よりも、余技として、チャラッと一冊出した『厄よけ詩集』の世界のほうが、ずんとおもしろいということに、私はあわててしまうのだ。余技の余得というものなのだろうか。

新版の『厄よけ詩集』には、旧版にはなかった三つの新作品がのっている。「つばなつむうた」「水車は廻る」「夜の横町」の三篇で、あとの二篇が、格別におかしいのであった。

水車は廻る

笹野顧六といふ牧師がゐる
笹野氏は篤心なる牧師です
僕の学生時代の知りあひです
そのころ師は神学校の生徒でしたが
学校を怠けて戯曲の習作に耽つてゐた

書きあげた原稿を古新聞に包み
僕のところに持つて来て読んでゐた

笹野君は「本読み」と称してそれを読んだ
今から四十年ちかく前のことである
僕はたいていその内容を忘れたが
たつた一つ覚えてゐる
「水車と清正公」といふ一篇だ
——舞台右手に水車小屋がある
大きな水車が音もなく廻つてゐる
これは天地の悠久を暗示する——

そこへ物具つけた加藤清正公が現れる
紺色の垂衣に紺糸縅の鎧を着け
銀色に光る鳥《(ママ)》帽子型の兜をかぶり
黄金《こがね》づくりの太刀を佩き
音に聞えた片鎌槍を携へてゐる

その出でたちは実に剛毅である
天晴れ大将軍の貫禄だが
舞台正面に出て来ると
「ああ脱糞したい」と独白する
次に「もういけねえ」と泣声を出し
瞑目して「ビチビチビチ……」と独白する
それで静かに幕である

笹野君は朗読後に傑作だと自讃した
僕は何のことだと思つたが
いまだにこの脚本だけは覚えてゐる
先夜も不図この筋書きを思ひ出し
夢うつつに現在の師に思ひを馳せた
師よ　せいぜい神に祈り給へ

ずいぶん汚い、おそるべき一幕ものだが、こんな奇っ怪な牧師候補生も居たかと思うと愉快でたまらない。そして井伏鱒二によって一篇の詩となったとき、汚さはすっかり昇華されてしまったようである。詩は何を扱ってもいいのだが、それが詩となるためには、言葉が香気をはらんだ状態とならねばならない——と私はかねがね思っている。でなければそれを詩とは言えず、汚い材料は汚いままだ。

とは言え、これはかなり難しいことで、誰にでも出来る技ではない。

四十年前というと、肩で風切る将校たちの、横暴さがようやくあらわになりかけたのを腹に据えかねての、痛烈な諷刺一幕ものであったのかもしれない。外国の牧師に比べて、日本人の牧師に魅力の乏しいことを言う人は多いが、笹野牧師が元気ならば必ずや魅力的な牧師になっていることだろう。

最初、この詩を読んで突発的に笑い、時を経て更に何度も読んだ。素材の珍奇さにのみ笑ったのであったかどうかを確めたくて。

哄笑はよみがえらなかったが、しかしいい詩であることは否定しようがなく、むしろ、しみじみとしたものが入ってくるようになった。

おもしろうてやがてかなしき……であって、井伏鱒二の笑いの質は、かなりしたたかなのである。

夜の横町

文芸家協会の懇親会の帰り
マーケット横町を歩いてゐると
前方から新庄嘉章がやつて来た。
「やあムッシュー、しばらく。」
「やあ、今晩は。」
いきなり新庄君は外套をぬぎ
両手にかざして左右に飛びまはるのだ。
何の真似か
まさしくこれは闘《ママ》牛士の真似だ。
赤い毛布で猛牛をじらす真似である。
右に飛び左に飛び
その目まぐるしいフットワークは
さながら五条の橋の牛若丸だ。
——だが何の意味か、
こちらを牛にたとへての仕業である。

悲しいかな聯想の行方、
こちらは牛のやうに太つてゐる。
「ずいぶん太つたね。」と言ふ代りに
当意即妙　闘牛士の真似……。
不思議に人通りのすくない夜であつた。

新庄嘉章とは、粋な男性ではないか、しばらく考えてその意を察した井伏鱒二も粋ならば、闘牛士の真似をして暫時遊んでも車にはねとばされない横町があったことも粋である。

焦点がきっかり合っていて、たまたまその場に居合せたように、ふふふふふと笑ってしまう。

日本の小説に笑いが乏しいことは、声を大にして言う人もあるが、詩については殆んど言われたことがない。

井伏鱒二に触発されて、現在書かれている詩のあれこれについて考えてみると、おもしろいことに気づいたのだ。今までに私が読んだかぎりの詩を思い浮べてみて、部分的にしろ、私を笑わせてくれた詩人たちを挙げてみると、金子光晴、西脇順三郎、会田綱雄、黒田三郎、川崎洋、岩田宏、富岡多恵子、工藤直子などがいる。

笑いということからピックアップしてみたにすぎないが、こうしてみると、いずれも上等の詩を書いている人たちであったことに気づいたわけだ。もっとも笑いほど個人差の烈しいものはなく、詩における笑いの系譜を、私とはまるっきり別の角度から捉える人もあるだろうと思う。

人の詩集を読むことは、だいたいが苦渋に満ちた作業だ。眉間に皺をよせ、頭痛なんぞも起り、まるで高等数学を解くような緊張を強いられる。そして、解けたときの喜びが、詩を読む喜びである場合もある。しかしいつでもそうでなければならないか?

生きていることを突き詰めればおかしくない筈はない。生きることに鋭くかかわる詩が、おかしさとまるで無縁であってもいいのだろうか? 上等の笑いを求めて詩集をひらくということがあってもいい筈だ。いえ、これからはむしろ、そういう視点を失わないようにしたいと思う。

井伏鱒二の漢詩の訳も知る人ぞ知るであったらしいけれど、今度初めて通読しえて、私はいろんな発見をした。

静夜思　　李白

牀前看月光
疑是地上霜
挙頭望山月
低頭思故郷

ネマノウチカラフト気ガツケバ
霜カトオモフイイ月アカリ
ノキバノ月ヲミルニツケ
ザイショノコトガ気ニカカル

低頭思故郷が、ザイショノコトガ気ニカカルと、実にいい日本語訳になっている。日本語の発見にもなっている。

田家春望　　高適

出門何所見
春色満平蕪
可歎無知己

高陽一酒徒
ウチヲデテミリャアテドモナイガ
正月キブンガドコニモミエタ
トコロガ会ヒタイヒトモナク
アサガヤアタリデオホザケノンダ

高陽一酒徒が、アサガヤアタリデオホザケノンダとなり、大胆不敵の意訳である。

勧酒　于武陵

勧君金屈卮
満酌不須辞
花発多風雨
人生足別離
コノサカヅキヲ受ケテクレ
ドウゾナミナミツガシテオクレ
ハナニアラシノタトヘモアルゾ

「サヨナラ」ダケガ人生ダ

これは、なかんずく名訳とされているようで、引用されたものを、しばしば見た。写しとっていても、たしかにほれぼれとさせられる。漢学者は、待て！　と言うかもしれないが、原作よりも訳のほうがいいような気がしてくる。この終行をもじって「サヨナラダケガ人生ナラバ」という、寺山修司のフォーク・ソングを聞いたことがある。が、井伏鱒二の訳を到底越えてはいなかった。

長安道　　　　　儲光義

鳴鞭過酒肆
袨服遊倡門
百万一時尽
含情無片言

馬ニムチウチサカヤヲスギテ
綾ヤ錦デヂョロヤニアソブ
タッタイチヤニセンリャウステテ

カネヲツカッタ顔モセヌ

聞雁　韋應物

故園眇何処
帰思方悠哉
淮南秋雨夜
高斎聞雁来

ワシガ故郷ハハルカニ遠イ
帰リタイノハカギリモナイゾ
アキノ夜スガラサビシイアメニ
ヤクショデ雁ノ声ヲキク

漢詩だけで見ると、大変高級なことを言っているように見えるが、井伏鱒二の訳にかかると、今の若者にもそのまま通用しそうな、くだけたものになっている。こんな調子で全部を引用したくなってしまうのだが、この辺で一応やめておこう。

私の発見というのは、漢詩というものを私達が今まで、あまりに典雅なものと思い込みすぎたのではないか……ということだった。漢字だけがびっしりの詩をみると、悲憤慷慨、憂悶の詩と受けとりたくなるのもやむを得ないが、そして詩吟などを聞くとそうした受けとりかたを如実に表してしまっていると思うのだが、なんだか深なさけのような読みかたであったような気がしてくる。

漢字だけの詩であっても、みずみずしさもあれば色気もあり、諧謔やおどけもあれば自嘲もあり、小唄やどどいつのような軽さもある。いわばそのような詩の艶を、だいぶ見落してきてしまっているんではなかろうか。

「詩は志なり」の面だけが強調されてきたのかもしれず、その証拠に日本人が作った漢詩には、詩としての何かが欠落していそうに思われる。

では、井伏鱒二の訳のあたりが本当のところか？　そうとばかりも思われない。

私達の今迄感じてきた漢詩と、井伏鱒二の自由奔放な訳と、その二つの、ちょうど中間あたりに、漢詩の本領がありそうに思われる。それを感じさせるのが井伏鱒二の意図だったのではないだろうか？　漢詩を読み、訳を読み、更に第三の世界を読者が形づくることを――。

中国音による漢詩の朗読を聴いた人の話では、きわめて抑揚に富み、かつ、軽やかなものであったということだ。

漢詩は、漢字を使っていることによって、身近なものであり、誰も外国の詩という意識を持たなすぎたきらいもあり、井伏鱒二は論によってではなく、独特の訳によって実にそれをはっきりさせてくれたように思う。

訳の日本語のくだけっぷりには、誰しも驚くだろう。私の驚嘆したのは、くだけているにもかかわらず、品格を持っているということだった。彼が選んだ漢詩の格調にゆうに匹敵できるものである。

日本語をわかりやすく、くだけさせ、そして品格あらしめて使いたい――というのは、詩を書くときの私の一番の願いなのである。

井伏鱒二の小説を愛して、詩集もあるの、では読んでみようと思い立つのが普通であるかもしれないが、私は詩集がおもしろかったので短篇小説を読んでみようと思った。「屋根の上のサワン」というのに心惹かれた。散文詩に近いものを感じた。

友人の飯島耕一さんが数年前、パリに滞在中、無性に日本のものが読みたくなり選びとったのが、井伏鱒二短篇集だったという話をしてくれた。「へんろう宿」に出てくる汗と垢でよごれた安宿の、布団の衿の描写から、くうんとその匂いが鼻につきささってくるようで、えもいわれず日本を感じたということだった。

世評に高かった『黒い雨』はまだ読んでいない。平常心で原爆を描ききっているという批評が印象に残っており、その詩の良さも平常心に徹しきっているところにあるのかもしれないと思う。

早い時期に、太宰治が井伏鱒二こそ我が私淑する唯一の師としたことは、すこぶる眼が高かったではないか……などと今にして思うのである。

『厄よけ詩集』にぞっこん参って、あれやこれやを考えつつ一年が経った。その間に、私は『人名詩集』というのを一冊つくった。

『厄よけ詩集』を読んだ人は、すぐに気づくと思うけれど、このなかには、やたらに人名が出てくるのである。実在の人物が多く、詩を抽象化とのみ考えて、出してもよい人の名さえ、ぼかしてしまうのとは全く逆のいきかたである。

それにこの題名は、どこを押したら出てきたものか……厄年の記念に作られたものか、詩篇のなかに厄除けに該当するものは何も見当らない、そんなところもしゃれている。

私の詩集は殆んど書き下しに近かったが、参った井伏鱒二から、むしろ積極的に影響を受けて書こうと思いたった。ただし、影響を受けたとは誰にも悟られないように書かねばならぬ。

詩集ができて、友人知己に送り、礼状が届くようになったが、そのことに触れた人は誰もなかった。たった一人、中江俊夫さんが葉書をくれて、褒めたような貶したような文面の末尾に「あなたはどうしたって井伏風にはなれない人ですね」とあった。

見破られたか！　ギャフンとなったが、爽快でもあった。前の文章から察するに「あなたの詩にはへんな気負いがあり、インテリ女性ぶりの一理屈こね主義があり、まったく息を抜いたような井伏鱒二ふうの詩には、逆立ちしたってなれっこないよ」ということであるらしかった。

註・本文中の引用詩は国文社版によったが、旧版の木馬社版を参照して誤植の訂正を行った。木馬社版にないもので誤植と思われるものについては（ママ）と表示をするにとどめた。

（編集部）

金子光晴　その言葉たち

無雑作に投げ出されている金子光晴の言葉は、出土品の玉のように美しい。手作りで、磨き抜かれていて、とろっとしている。時の風化に耐えてきた、これからも耐え抜くであろう底光りがある。私はこれらを見つけるたび、ほくほくしながら、だいぶ拾ってきたのだった。

水晶だけを拾って貫けば可憐掬《きく》すべき「抒情詩人」となる。
トルコ石だけで貫けば「水の詩人」
キャッツ・アイだけだったら「サンボリスム詩人」か。
珊瑚のみを連ねれば、文化文政爛熟期の名残りをとどむる「ざれ歌作者」
翡翠だけだったら、まぎれもない「東洋の詩人」
ルビイ、瑪瑙、メキシコオパール、赤色系だけで貫けば「反逆詩人」

ビーズ玉だけだったら「孫をうたう詩人」

そして、ばらばらに異種異形の玉のみ連ねれば俄かに野蛮美――三連、五連の首飾り、頸にかけて、これに負けない顔容は、世界広しといえどもピカソぐらいのものかしら。

私は性急な玉の貫きかたをしたくない。今は大事にしている一顆、一顆を取り出してみるにとどめる。「金子光晴の言葉」は、詩、エッセイ、批評、対談、日常の雑談、アンケート類、一切を含めたい。最近のその言葉たちは、詩、散文、エロばなし、それらの境界を、すっかり取り払ってしまったかに思えるし、金子光晴の存在そのものが、詩と化しつつあるように思われることもあるのだから。

二十五年来、これらの記憶の底に、しかと沈んでいるものだけを頼りに、きままに触れてゆきたい。一寸調べればすぐ出てくるものは明記するが、血眼になって探さなければわからないものは出典をあきらかにしない。だから細部においては正確を期しがたいところも出るだろう。これはユリイカの編集部にいけないところがあるのであって、金子光晴特集を編もうとするなら、せめて半年の準備期間をもってしかるべき。短い日数ではどうしようもない。もし居ても立ってもいられないほど興味を持った読者がいたら、みずから立って、金子光晴の全著作から探してごらんなさい。それもまた愉しです。

＊

……
女ごころは、みんなおぼこだったし、
男だって、その女からうまれた坊やたちで
……
（「いまはない花に」）

日本人を表現したもので、これほど的確なものを知らないし、読んでのちこれほど長くこちらの心に居坐りつづける日本人論もない。イザヤ・ベンダサンのものもおもしろかったが、読んで日が過ぎてゆけば、こちらの心に残った痕跡は意外と淡いものであるのに気づく。ベンダサンも日本人を「世間知らずの坊ちゃん」というふうに捉えていたが、

このくにの女のこころには
おそのや
おさんがまだ、住んでゐる。
……

……
このくにの女の心底には、
あひかはらず、お光や
それからお弓が住んでゐる。

（「愛情45」）

というふうな女を通してみる視点を欠いていた。それはともかく、壮年、老年の勿体ぶって、いばった男たちを視るとき、「おぼこな女から生まれた坊やたち」という金子光晴のまなざしは、既にこちらのまなざしにもなりきってしまっているのを感じる。

「戦後の日本の繁栄が、もし自分たちの手だけで築きあげたものだったら、もっと確かな手ごたえがあっただろうに」という発言もあった。

われひとともに、ふわらふわら、埃のごとき頼りなさ、うしろめたさを、わずか三、四行で押えていて、ハッとさせられた。戦後の進みかたが自力更生で、未だに瓦礫の山を十分かたづけられなかったとしても、その道を行くべきだったのだという苦い悔恨を呼びさます。繁栄のきっかけが朝鮮戦争を境としていたこと、あのあたりから銀座の賑わいも活気を呈してきたことなどを思い出す。もし日本人が自力更生を断固選んでいたならば、その時金子光晴は嬉々として手を借しただろうか……ということは、これはまた別問題となるのだが。

　二年くらい前の朝日新聞に「師走随想」を書いていたことがあり、そのなかで「世の繁栄から取り残され、身心ともに打ちひしがれた暮しを送っている人たち、世が世なので、師走のつらさもどの時代よりも一層倍加され身にしむことだろう。僕のまわりにもそういう人たちがいて、なんとかしてやりたいが、どうしてあげることもできない」という意味のことが書かれていた。めったにこういう言辞にはお目にかかれなくなっているが、金子光晴はジングルベルの鳴りひびく喧騒の街で、街になんか出る気も起らないで逼塞している人々——いわば棄てられてある人々をちゃんと視ているのだということを感じさせた。それを引き受けたら共倒れになるという論理によって、切って捨てる——棄民ということは社会問題となった事件ばかりではなく、どの家庭のまわりにもありそうだ。こういう言辞は言う人によっては気障で鼻もちならぬものとなる。金子光晴の言葉は、彼のヴォキャブラリイを借りれば「しとしとこちらの胸に入ってくる」のである。金子光晴の言葉が少しも浮きあがらないのは何故か？　白粉が浮くごとく、みっともないことにならないのは何故か？　その理由について、一つの考えがあるけれども、それはあとで触れたい。

　もう一つの忘れがたい日本人論に「魏志倭人伝、着せかえ人形説」ともいうべきものがある。これは『日本人の悲劇』の中にある。

「魏志倭人伝のなかの日本人はへんにいきいきしています。大地に耳をあてればこの日本人の足音がはっきりききとれそうです。小男ながら筋骨のすこやかな、全身に朱を塗った沢がにのような、水で潔めた赤裸な日本人を、日本人の原型のように描き出すことができるのです。そうした男に、着せかえ人形のように唐服を着せたり、直衣《なおし》を着せてみたり、裃をつけさせたり、洋服を着せたりしますと、それだけで日本の歴史ができるようですし、日本歴史というものが、それだけのような気がしてくるのです」。そして古事記や日本書紀にひしめいている日本人は、倭人伝のそれに比べると影が薄いとも言っている。外国での滞在も長く、常に外部から日本人を見ることに慣れた金子光晴の眼に、倭人伝のそっけない、それだけに客観的な日本人素描には、よりピタリ、感応できるものがあるのだろう。

めまぐるしく変る現代のファッションも、着せかえ人形の観点に立ってみると、あっけらかんとしたものである。着せかえの衣裳をみずから工夫考案するのであれば、いささかの救いもあるが、絞りの流行にもみられたように、すべてはあちらからくる。そういえば倭人伝には「しょうが、さんしょう、みょうがなど生えているが、滋味と為すを知らず」とあった。

金子光晴は例としてあげていないが、倭人伝には「下戸、大人と道路に相逢へば、逡巡して草に入り、うずくまり、跪《ひざまづ》き」というのがあり、いわば大名行列のはしりのようなものさえみられ、日本庶民の素直さ、気骨のなさが如実に捉えられている。金子光晴の本当に指したかったのは、風俗よりも精神史の原型ではなかろうか。戦時中、彼が反戦詩を書きつづけるエネルギーとなったもの、その一要素は「日本の民衆の面従腹背に賭ける」ということだったのだ。だから敗けたとき腹背のほうがあらわに立ち現われ、今までと全く様相を異にする社会を期待したのだったが、「みんながみんなアメリカ人になってしまいそうな勢い」で、上層部の権力の移動などはどうでもよく、アメリカがお上《かみ》となれば、大人となれば、唯々諾々「噫《あい》」とひざまづくのを視てしまったのだ。一見、とっぴな「魏志倭人伝、着せかえ人形説」は、かくて自信をもって出てきているのだ。この説は、ファッションをみるについては毒消しの作用を、精神史の面からは、日本人も変った！　という感想が頭をもたげる度、水をぶっかけ冷静になる作用を果してくれる。何一つ変らない、変らないと頑強に思いこむのも愚かな話だし、第一、生きる瀬もないが、昨今とみにこの説を実証するような事件や現象が多くて厭になる。

ついでに書いておくと、『日本人の悲劇』は、きわめて魅力に富んだ大づかみな日本通史である。たとえば「草仮名の時代」として書かれた平安時代なども、まったくこなれていて、どのような史書を読むよりも、この時代をよくわからせてくれる。何に対する思惑も偏向もない。正確で冷静な、世界のなかでの日本通史であり、しかも表現がすてきにおもしろいのだ。ともかく人間が満ち満ちている。私が私学の校長ならば、歴史の教科書にこれを採択したいくらいのもので、いま市販の教科書は副々読本ぐらいにするとちょうどよい。

*

今年の「婦人公論」二月号で、

「あなたにとっての沖縄とは?

あなたにとっての中国とは?

あなたにとってのアメリカとは?」

なるアンケートを出し、それぞれ二十字以内での答を取っていた。六十人以上の答を読んでゆくうち、金子光晴のにぶつかった。

「沖縄は独立国として、戦争の責任をその加害国に要求すべきだと思います」

ここに到って、スカッとしたものがきた。劃一化された答の多かったなかで、唯一に近い人間の声を聴いたように思った。沖縄自身に独立論があったことは、度々報道されてはきた。しかしそれらは復帰論にかき消されてきたようだ。独立すべきだという答を出しているのは、このアンケートでも二人いたが、「モナコ公国のように独立させて経済自立させたい島です」というものだ。六十数人の答を読んで、私がもし沖縄県人であったら（という無責任な仮定をさせてもらうなら）、理想論にすぎないとしても、金子光晴の言葉にのみ快哉を叫ぶだろうし、長く忘れないだろうと思うのだ。

沖縄に対する金子光晴の認識もまた古い。昭和八年頃、山之口貘との交流が始って以来だろうが、山之口貘によって語られる沖縄遊女、怪談、たべもの、自然など、肌身を通しての認識である。山之口貘は沖縄県人ということで就職においても差別され、また詩を書く仲間からもそのことによって軽んじられ、あなどられたらしい。「僕は差別なんか考えられもしなかったからね、それで貘さんがなついてきたってこともあるんですよ」と、かつて語ったことがあるが、山之口貘という生身の沖縄県人の、苦渋に満ちた人生とつきあったことが、沖縄をまるごと捉える方向につながっていったのだろう。その在りようを、ひりひりする実感で捉え得ている数すくない日本人の一人である。

ポロッと何気なくこぼれるように見える言葉でも、そのみなもとをさかのぼれば、金子光晴の青年時、少年時まで行きつく場合は無数である。

あなたにとって中国とは何か？　に対する答は、

「中国については今後三十年位たってみないとわかりません」だった。

三十年という期限の切りかたが興味深いところである。大正末から昭和十年代にかけて、中国へは四度ほど行っていて、多くの詩が書き残されているが、それらはひどく突き放したような書きかたながら、中国へのシンパシーに溢れていた。

金子光晴が、薄暗い納屋のような便所でしゃがんでいると、便器は樽のようなものだったそうだが、前方に中国の老爺が一人、同じ格好で居て、その人は唐紙を一枚取りだし、ゆったりと四枚に裂き、そのうちの二枚をほほえみながら静かに金子光晴にさし出した——という描写が『絶望の精神史』のなかにあった。

その時金子光晴は紙を持っていたのか、いなかったのか、それはまあどうでもいいけれど、悠揚迫らざる大陸的なほほえみと、知る知らぬを越えた淡々とした無言の好意とを、彼が気持よく受けとったこと、良き中国人気質をそこに見てしまったことは想像に難くない。ほんとうに困ってしまうのだが、このデッサンがあまり鮮やかなために、中国人とは？　というとき、この老爺を中心として考えようとしている自分に気づかされることだ。

中国で「この人は絵描きです」と紹介された時、側にいた魯迅は「金子さんは詩も書きますよ」と、ややたしなめるような口調で言い添えたという話を、直接聞いたことがあるけれど、これなども魯迅という人を実によくわからせてくれる。昔、日本の中華料理店で郭沫若を交え、金子光晴たち数人と会食をしていたとき、途中でつと郭沫若が調理場へ入っていった。途端に出てくる料理、出てくる料理がすばらしくおいしくなってきた。「どうしたんだ」と聞くと、「日本人は味がわからないと思って馬鹿にするな、もっと気合いを入れて出せ！　と一喝してきた」郭沫若を日本人と思っていたかもしれない中国人コックがびっくりしたというわけだ。郭沫若は好きでも嫌いでもないが、金子光晴が語ったこういうエピソードから、文化大革命で自己批判したいわゆる立派な郭沫若よりも、はるかに強く人間味を感じさせられるのだ。
　私は何を書こうとしていたのだったかしら、ああ、そうだ、各国が「眠れる獅子と思っていたら、眠れる豚だった」と支那を侮辱し、ほしいままにしていた頃、金子光晴は、信義に厚い、なみなみならぬ中国人気質を、ひたと視つめていたのだ。

……
光は永遠にささないか。
五千年のくりかえしの
あらたまる日はこないのか。

およそいつになったら
この氾濫と、
没有法子《めぃふあーづ》が解放されるか。

……

（「洪水二二」）

東洋の飢えを本気で考えて、革命成り、一転して中国が武者ぶるいする獅子となった今日、人々が争って人民帽など買うようになった今日、金子光晴の心はすっかり中国から離れた、というより現在の中国の体制へのまったき批判者となった。ずいぶん皮肉な話である。「食べられればそれでいいってもんじゃありませんよ。大きなものをなにか失ったとすれば。感心しないな、個人がろくに物を言えない世界ってのは」十年前の「現代詩」での私との対談のなかで既に強い語調でこう語っていたが、二十代当時のかつての遊び友達、田漢が文化大革命で苦境に立たされた時、彼は本気で怒って一九六六年の「展望」に「中共というものに腹をたてている。魯迅もいままで生きていたら、きっと業を煮やしていたことだろう」と書いた。

……

十年といふ年月は、決して
短いとは言へぬ。そのあひだに
支那では、四つの王朝が起り
次々に亡んだためしもある。

（「愛情62」）

中国史に精通している金子光晴は、今度の革命も無数の革命のなかの一つという視点を失っていないだろう。そしてまた、今度の革命が単に天帝の交替であったのではなく、民衆そのものの質の転換であったことも見落してはいないだろう。「あと三十年たってみなければわからない」と言うのは、中国人の悠々の体質にも見合っている、解答の期限というわけなのだ。

中国人に対してばかりでなく、朝鮮人、東南アジア人に対する、人間としての金子光晴のシンパシーは昔から随所にスパークしているけれども、これらは各国人から見た場合、どう感じとられるものなのか？　現時点においてではなく、もう少し長いサイクルに於てなのだけれど、日本のあまたの口説の徒と同じものとしてしか受けとれないか、それともまったく異種の光芒を見出さざるを得ないか、私は後者のように思うけれども、それを確めたり見聞したりする機会はまだ一度もない。

＊

日華事変の前夜にあたる頃の詩に、

……

天下国家のことを憂へて
ぼくは歩いてゐる
それなのになんといふ恥しらずな
ぼくがいまほんたうに思ひ描いてゐるのは
あつあつの鴨南蛮

で終る詩があった。これは記憶のなかのもので、言いまわしは一寸違っていたかもしれない。探してみたがうまく出てこない。読んだ時、おもわず吹き出して、読みすごしてしまったのだが、この詩句がいつごろからか私のなかで大きくなってきている。知らずに金子光晴はこの詩句のなかで、自分をよく語ってしまっている。

天下国家（社会）のことを絶えず思念から離さずきた人だが、同時に、あつあつの鴨南蛮のほうもけっして手離さなかった人である。あつあつの鴨南蛮とは、食欲、性欲を含めた人間の煩悩のもろもろである。いわば人間の弱部であり、恥部であり、人の大いに秘したがるものである。日本の詩歌の歴史をふりかえってみると（日本とのみは限らないかもしれぬ）たえずどちらかを切り捨てることによって成り立つ詩が多かったのではないか。

もちろんそれは一人一人の選択であり、何もかもさらけ出す必要はないわけだ。しかしみずからの弱点のなかに人間を視ようとし、それこそが天下国家と切り結び、あい亘る場所だとし、そこをけっして隠蔽しようとしはしなかったところに金子光晴の独自性がある。二つとも手離さなかった人としては、いま、ぼんやり山上憶良と石川啄木の詩が浮んできたのだが、しかし金子光晴の果敢さに比べると、タブローと水彩画ぐらいの違いはある。

金子光晴の二刀流は、表現にのみ使われるのではなく、日々の生活様式をも支配している原理のようにみえる。いま、これはどういうことになっているかといえば、テレビの推理ものを熱心に観ながら、しかしプロットはさっぱりわからず、というのは、心は画面とは別の思念を追っていて（そのへんの愉快な消息は、子息乾さんの文章にくわしい）

「大きな戦争はもう起らないかもしれないね」
「まだまだわかりませんよ」
「今度火を吹くとしたら、アフリカあたりじゃなかろうか、あのへんがあぶねえって気がするんだ」

などという、たえず地球儀をまわしているような言葉となって現われ、その足で、旧友佐藤英麿と連れだって横浜へストリップを観にゆくということになっている。

ストリップといえば「荒地」のX氏はストリップが好きでよく見に行くそうだが、小屋に明りがつくと、そそくさと席を立ち、かぶりつきからマスクなどして消えるそうだ。身につまされる話だ。それを見ていた別の詩人がいるから、ややこしい。もしかしたら人違いかもしれないのだが、けれどこの話はなんだか象徴的だった。荒地の詩人たちの作品は、あつあつの鴨南蛮のほうは、あって無きがごとくに切り捨てられている。〈全体性の志向〉を志しながら、それは精神の領域に限られていたわけである。黒田三郎、中桐雅夫、北村太郎などはその点、異質だけれども。

全体性への志向というならば、それは金子光晴によって、より完全に果されつつあるということになりはしないだろうか。田村隆一はいつか「金子光晴は実にオネストである！」と叫ぶがごとき語調で書いていたことがある。日本語で正直というと、馬鹿正直とか愚直とか、何かいじいじしたものがつきまとうが、オネストというと、颯爽たる正直さ――というイメージになる。外国語のニュアンスはよくわからないせいかもしれない。折角田村隆一がオネスト！　と乾盃しているのだから、私も今回はオネストでいこう。実際、金子光晴のオネストぶりはただならぬ。それは誰の目にもあきらかな筈だったが、そのことを注視した人は多かったとは言えない。私もそうなのだが、いまごろおぼろげに気づいたりするのは遅きに失した。

へのこ　しのこ　おさね　おそそ
よかり声　口々　ろせん

*

これらのやまと言葉は、いまどれぐらいの人がわかるのだろう。私も二つわからないのがある。「張三李四」、「キューバのよしこの」なども早晩註が必要になるだろう。「金子光晴は春画《はるえ》を描いたそうですが」という若い人があって「ふつう春画《しゅんが》と言いますねえ、でも春画《はるえ》はいいわ、やわらかくて、春信の春画なんて」と言ったのだった。〈おまんこさん〉が出てくる詩もあって、ああら……となった。単語にやたらに〈お〉がつくのを私は好まない。人の名以外に〈さん〉をつけるのも好まない。〈ユリイカさん〉なんて気持わるい。まんこが厭なうえに〈お〉と〈さん〉がついているのだから、私にとっては最低の言葉である筈だ。それなのに、

なじみ深いおまんこさんに言ふ
サンキュー・ベリマッチを。

（「愛情46」）

という詩の一行となって嵌め込まれた時、なつかしいような変な気分にさせられるというのは、どういうことでしょうか。

「男ごころ」「女ごころ」も沢山出てくるが、これも単語としてみた場合、嫌である。昭和初期の作詞家、作曲家にいじりまわされて手垢がつきすぎているせいだ。金子光晴が「ぼくの男ごころがそれを許さなかった」と書くと、途端に凛として、なまめかしくもある男だけの心情というものがありそうで、ふらりとなるという具合で、あまりにも特例が多いのだ。

特に最近の詩からは、まるで詩語というものを見出せない。いつごろから詩語をまったく振りすててきたかということは研究に値しよう。『こがね蟲』が私にとってつまらなく思えるのは、当時の詩語から金子光晴がまだ自由でなかったせいだろうと思う。日常語を掬って、或る特殊な〈なまめき〉に変えるその手つきに、心憎いマジッシャンを感じさせられる。日常語でも、ふだん公の席ではけっして語られることのないものが平気でかっさらわれてくる。

こういう言葉が出てくるのは今の流行でもあるのだが、それらと同一線上で論じられはしないいし、詩の年季と言ってしまってもうまくかたづかないものが残る。

国語の教科書には、どういう詩が採られているのかお尋ねしたとき、「しゃぼん玉です」と答えて、一寸はにかんだような顔をされたのは印象的だったが、「しゃぼん玉の唄」もわるい詩ではないけれど、金子光晴の本領を発揮したものとは言いがたい。だからといって、じゃ最も適当なものは何か？　と言われたら大いに戸惑う。

たとえば立原道造だったら、その一篇をもって彼全体を暗示することは可能だ。金子光晴の場合はそうはならないのだ。一つ一つの詩を読んでみると、一篇一篇での完成度はわりに弱いものが多いことに気づく。いずれもそれらは部分部分のきらめきを思わせる。

金子光晴の作品は、初期から現在に至るまで、一つの大きな交響楽であり、或る短いパートだけを切りとってみても意味をなさないようなところがある。〈おまんこさん〉にしても、そのうしろに「人間が天地の無窮に寄りつけるのは、性器と性器の接触以外になにもないのである」といういじらしさが鳴っているのだし、「川は森の尿《いばり》である」（『マレー蘭印紀行』）という鮮烈な一章も鳴る。何種類もの相対比された言葉が和音のように同時に鳴るし、あれとあれとあれを同時に叩けばどうなるか？　という楽しみもある。それこそなじみ深い旋律が何度も出てくるのも交響楽の常で、その反復のヴァリエーションに聴きほれることもある。

これは長い間読んできた者の享受のしかたであり、眼福、耳福であろうか。そしてまた、こういう楽しみかたも私にとっての特例である。詩歌の鑑賞のとき、たえず私をひきすえようとするものに、作者から独立させ、たったの一首で一句で一篇で自立しているものを見ようとする態度があり、金子光晴の詩篇群は、こうした我が原則にははまらない唯一の例ということになる。

この交響楽は、いよいよ華々しい最終楽章に近づいてきた。

その詩集を最初からずっと読んでゆくと、かなり退屈だと語った人がある。放言ではなく、かなり切実な重味を秘めての言葉だった。これにも一片の真実を認めていいだろう。そして本当にそうならば、その退屈さは、金子光晴批評への十分な基点となるだろう。

私はおよそ退屈するどころではなくて、新しい本がでれば不精な腰をあげて、何が何でも探しまわらないではいられない。これも一片の真実であり、動かせないところなのだ。

＊

その言葉たちは、まったく額面どおりに受けとっていいものと、そうでないものがある。

シャカもいや、ヤソもうるさし
マルクスも、マオツォートンも居ぬにしかめやは。

（詩人連邦一四〇号所収）

　これはストレートに受けとっていいだろう。今回の金子光晴の特集を編むについて「できれば批判のみで満たしてほしい」と言われたそうで、編集部の若いＭ氏は「眩惑を覚えて、くらくらした」と語ったが、それは眉に唾したほうがよろしいわと私は言った。「自分を甘やかすものに敵を感じた」と、戦後、抵抗詩人として持ちあげようとしたジャーナリズムに、はっきり言い放っているし、「自分を批判してくれる者こそが本当の友だ」としばしば語っている。その長い道のりが、自己否定の累積であってみれば、これらの言葉にみじんも嘘はないと言っていい。しかしまた、子息の乾氏が「本の手帖」に書いていた「おやぢ」という文章はおもしろく、もう一つの顔を浮彫りにしている。その時も金子光晴特集で、息子からみた「おやぢ」という原稿を依頼された乾氏は「父はぼくの書くこの原稿でなんとか賞めてもらいたいのか、しきりに気にして、お世辞を使うのである。放浪無頼をもって任じていた父も一応、詩壇の古顔とみられている今日、少々俗人に堕落したのではないかと思った」これも演技とみられなくもないが「なるべく良く書いてちょうだい」と言わんばかりに息子のまわりをうろちょろする、かわゆらしさもまた、金子光晴のものである。従って「批判で満たしてほしい」というのは、仮にこの言葉の歩数を百歩だとすると三十歩ばかり引きかえしたほうが、本音の近似値に近づくのではないか。

「詩なんかいつだって捨てられる」とも度々書いているが、これは「癪だが捨てられなかった」ということの表白であり、百歩ひきかえしてしまったほうがいいだろう。「日本人嫌い」は「どうしようもない日本人への愛着の深さ」に外ならないし、なまけものＰＲは、おそるべき勉強家の隠れ蓑である。「僕のしてきたことは、ろくでもないことばかりだった」という言葉からは、一度として語られたことのないひそかな自負を聴かずにはいられない。「反対」という有名な詩があるが、これは金子光晴の言葉の受けとり手が、そのまま彼の言葉にしばしば適用できることでもある。

「僕はもう棺桶に片足つっこんでるようなものだからね」からは、むしろ意気軒昂を感じとって安堵することにしている。

＊

数ある詩集のなかで、いま触れておきたくおもうものは『若葉のうた』である。昭和四十二年にこれが出版されたとき、詩人たち、特に若い人々の評価は殆んどが否定的であった。金子光晴の堕落という点で一致していたように思う。ここで金子光晴に別れを告げた人も多かった筈である。私は当初から奇異に感じていたし、いまも奇異のことに思っている。

あつあつの鴨南蛮が、孫の形をとってうたわれたことに何の不思議があろう。オネストのオネストたるところである。戦時中の反戦詩をもって、金子光晴のピークと見なす人は多く、その観点から見た時、許せないというのもなんという窮屈さであろうか、また誤解であろうか。徴兵拒否の詩にしても、子息乾を通してであったから、こちらの胸に突きささるのだし、反戦詩の数々も観念でのみ書かれていたら、いま受けとるような感銘を持ち得ていたかどうか。金子光晴の抵抗は何かの特殊で偉大な思想に依ったのではなく、拠点はマイホーム主義であり、生きのびる思想であったのだ。

マイホーム主義は昔も今も蛇蝎のごとく忌み嫌われるが、日本の男たちのそうした〈へっぴり腰〉を私は憎悪せずにはいられない。家庭を持たないのもいい、捨て去るのもいい。しかしおおかたは中途半端なもので、いつでも身をよじらんばかりに帰還船に乗りたがり、巣へ、港へ戻りたがる。出て征ったからには、いかほどひどい目に会おうとも、ぐずぐず言わぬがよろしい。まして金子光晴を卑怯者よばわりするなどは論外である。

金子光晴の家庭は、終始、綱渡りのように危いものだったが、国家権力によってばらばらに解体されそうになったとき、おそるべき力で結束した。あの頃の少年たちは、父親のリベラリズムなど受けつけず、教師や級友の影響で純粋軍国少年と化し、親たちのあやふやさを猛烈に攻撃したものだ。乾氏にはそのような形跡はなく、父の考えとほぼ一緒だったことは「落ちこぼれた詩をひろひあつめたもの」などにも散見される。夫妻、息子の三点は同質だったわけで、そのことも稀有だが、金子家というマイホームを、如何なる外在的な力からも守るということが抵抗の拠りどころとなったのだ。この素朴なことさえ、九九・九九パーセントの日本人には出来なかったではないか。

マイホーム主義が思想の原点ともなる——ということを日本人は知らなかったし、今も知らないと言える。プチブル的な否定面だけが指摘され、事実、それによって駄目になってゆく家庭の方が多いだろう。けれども私は、自分はマイホーム主義者ではないというポーズをとる男たちに欺瞞を感じるし、こんなものには一顧だに与えないという見栄からは、どんな形ででもあれ「寂しさの釣り出しに会う」のはたったの一歩だと思う。金子光晴は反骨詩人という金ラベルを貼られてしまい、そういうまなざしでのみ見られがちだが、事実、日本のアンチ・テーゼたらんとした本能的な衝迫は、彼を貫く一本の太い線だが、また次のようにも言えるだろう。

彼は徹頭徹尾、みずからの趣味嗜好に生きた。どんなときでもそれを崩さず、外部から注入される如何なる〈生き甲斐の麻酔〉をも拒否したと。みずからの趣味嗜好を貫いて、いつもありのまま、大いなるだらしなさのまま生きたそのことが、日本人と日本の社会に抵触し、離反し、鋭く照射することになる、その関係。

これが金子光晴の本領ではないだろうか。一番気に入った彼の一部分を抜きとって、人は勝手に、好みの金子光晴像をこしらえる。中身が似て非なるものと悟ったとき、失望のきわみとなるが、これはむしろ金子光晴の本懐ともするべきもので、彼はたえずそんなふうにこっぴどく裏切り続けてきた。偶像化を裏切りつづけることに、どれほどの馬力を必要としたか、それはもう私などには想像を絶する。

在るべき芸術家の姿なんてものは、蹴飛ばしてしまっているところに、金子光晴の本当の〈新しさ〉があるのだ。

中学生時代のニックネームは〈こんにゃく〉であったが、これは「気をつけ！」の姿勢を長くとっていることができず、すぐぐにゃりとなり教師に叱責されたことからきているという。このこんにゃくは何でもないときは、くにゃくにゃしているが、ひとたび潰されそうになるとドライアイスの如く凝固して白い気を吐きつつ突っ立つ。「反戦詩」から『若葉のうた』へまでは一すじの流れであり、こんにゃくの、折々のこんにゃくぶりであって、なんら異質でもなければ堕落でもなく、まして牙を抜かれたなんてことでもない。

『若葉のうた』を人々のお好みに従って、反骨ぶりとして取り出すことも、また可能である。即ち、現代の詩に妻や子や孫が登場することはきわめてすくない。つまり在って無きがごとくである。登場することがあっても、それは記号のように扱われていて、抽象化のせいか、まるで無機物のようにみえる。その妻子を知っている場合でも、これではかの人がさっぱり有機物として捉えられてはいないではないか……と思うことがある。これは戦後の詩のきわだった特徴の一つであり、なぜそうなのかを、うまく解くことができない。

私には子も孫もないが、夫が一人居るから我が背の三十篇でも書いてみたらどうなのと自問してみるが、とてもできない。含羞もあるが、好みの問題でもあるのだが、ぬけぬけとそんなものを書いて……という世の、というか、詩の世界での通念が邪魔だてをしているところが大きかろうと思う。

金子光晴はぬけぬけと孫かわいさをうたった。戦後の詩の世界の通念への反逆でなくて何だろう。人はその国家権力への反逆にのみ目を奪われがちだが、彼の反逆はそんなに単純なものではない。生活の隅々に息づき、日本人の習い性となっている、さまざまな通念に対して、もっとも歯を剥いているのだ。だからこそ、その頂点の権力に対する反抗もツーンとわさびが利くことになる。「孫がかわいいのは当り前のことで、そんな当り前のことは詩にならないのだ」という説もあった。これも腑に落ちない。当り前でないことを、当り前でなく表現するのが詩なんだろうか?

『若葉のうた』に関しては、いろんな人とずいぶん語りあい、口で論争もした。たいていは平行線であった。「あなた、よおく考えてごらんなさい」と言われ、どこかに盲点があるんじゃないかと、よおく考えてみたのだが、論破されないものが残るだけなのだ。

拡大解釈するならば『若葉のうた』はいくらでもふくらむ。これは金子光晴が若葉を通して日本の小さき者たちへ贈った書だとも、世界中の生れたての天使のような者たちへのプレゼントだとも。いちいち引用はしないが、注意深く読んだ人は、その証拠を十分に摑める筈だ。「近きより遠くへ」という金子光晴の発想の原型がここにも在ることを。

仮にまじりけなしの「孫ぼけ詩集」と読んだって一向にさしつかえはなく、いえ、それが一番良い読みかたかもしれないのだが、『若葉のうた』の技法の高さは、沢山の詩集のなかでも群を抜いている。この幼き者は、有機物として輝いている。

……
おしめのうへにほのぼのと
カナリヤ一羽が仮死してゐる。
……

一般に糞尿愛好癖と名づけられている（これも単にレッテル貼って事足れりとはならない要因を含むけれども）彼の癖《へき》のなかでも、この表現は最高のものかもしれない。

……

『若葉』をぼくが抱くやうに、
おなじやうに僕を抱いて
あそんでくれた誰かがあったはずだ。

……

など、人間そのものへのなつかしみの感情がめずらしく素直に出ていて、どぶろくの上澄みのような清明さを湛えている。この詩集が加わったことを私は喜ぶ。
この詩集を嫌い、ここで金子光晴にさよならをした人があってもいい。自分の眼でしかと読んだ上でのことならば、むしろ結構なことである。「孫？　関係ない！」それが若さの特権かもしれないのだから。金子光晴にも「じじいを木からふり落して食った時代がなつかしい（無題）」という詩がある。
残念だったのは、現象としてのみしか捉えなかったジャーナリズムや、世に出た批評の驥尾に付し、ろくすっぽ読みもしないで評価の大方に従った徴候だった。知人の一人はこの詩集をあっさり堕落と捉え、さっさと売りはらった。私とだべっている時、こちらのるるに、ぐらりと傾いて「もう一度買って読んでみなくちゃ……まだ買えるだろうか」と言った。ひどく物哀しかった。一さつの詩集ですら自分の感受性だけで読むということの如何に難いか、どんな尨大な量にも圧倒されなかったのが金子光晴であり、これでは何一つ読んでいなかったことに等しいのだ。

＊

男とつきあわない女は色褪せる
女とつきあわない男は馬鹿になる

というのは、チェホフの言葉だが、名言とおもい今に忘れない。

金子光晴に於ける老年の意味は重要だが、いま触れているゆとりはない。ただ老年に至って彼が馬鹿にならなかったいわれの一つに「女とのつきあいの深さ」があったと思うので、それに焦点を合せよう。彼の全著作から、女とかかわりのある詩を全部抜きとってしまったら、たちまちにガサッと量は減る筈である。ことほどさように女をうたった詩は多い。人類の半分である女と十分すぎるほどにつきあってきた人だ。もちろん量より質であって、千人斬りなどとは無縁である。一人の女とのみ徹底的につきあうことからも可能なのだ。事実、夫人森三千代との愛と葛藤が、その一番の太い幹であって『どくろ杯』などを読むと複雑怪奇な金子光晴と、十分わたりあい、拮抗し得た魅力的な女性像であった。つきあいかたがどういうものであったかは、折々の詩とエッセイ類を読めばよくわかり、贅言を要しないだろう。

あらゆる角度から、つまり女の精神とも、性器とも、皮膚とも、虚栄とも、哀れさとも、男以上のずぶとさ、ずるさ、残酷さとも、茗荷の子のような耳たぶとも、無垢の美しさ、繊細さ、身を売る女のしゃぼり、しゃぼりとも隅なくつきあってきた。

近著『風流尸解記』を読むと、全身全霊をあげて、身を投げ出さんばかりの、女とのつきあいの没入型が集約されているように思う。台風の眼のように、一点醒めたところもまた。これはあとがきに少女小説と銘うってあるが、少女小説にしては、こってりしすぎている。図柄がおっそろしく古風で、時代錯誤をすら感じ、辟易しながらも読み終ると、緑の痰のように美しかった少女が、ばかに斬新に浮びあがる。古風でもあり、永遠に新しくもある、つづれ織か、或いは上等の更紗でも手にしたような感覚がある。

女に関しても、そこに雌をみる視点と、人間としてみる視点とを二つながらに手離していない。男たちは女のなかに人間を視ると称し、またそう思っていながら、如何にそれが身に添ったものでないか、雌性しかみていなかったか、ひんぴんとしてボロを出す。馬脚をあらわす。金子光晴からは、そういうボロは出ない。「女への弁」というういい詩が現わしてしまっているような、もはや血肉と化してしまった視線だからだろう。

おれは六十で
君は、十六だが、
それでも、君は
おれのお母さん。
……

（「愛情2」）

この詩句は硬い。散文ではうまく解きほぐせないだろう。青春時、ホイットマンの「大統領と娼婦とは本来同じ値打だ」という言葉に打たれ、自分のなかの何かが引っこぬかれるのを感じたと回想しているが、その影響が今まで持続しているとは思われず、ホイットマンは一つのきっかけで、彼は彼独自の修行を開始したのだ。

何年か前、中学生、高校生を対象にした詩人の伝記を書いたことがあり『うたの心に生きた人々』の四人のうちに、現存の金子光晴を入れ、そのための聞き書きに通ったことがあった。いろんな質問に綿密に答えて下さったのが、夫人森三千代と、H氏との三角関係に話が及んだとき「ずいぶん嫉妬に悩まされましたでしょうね」という愚問が飛び出してしまった。身を切られるような嫉妬の感情を私が味わったことのないための鈍さだったのだが、当時は『どくろ杯』も出版されていず、自伝『詩人』ではこの三角関係があっさりと書かれていたせいでもある。

金子光晴はいささかも動ぜず「それは苦しみました。あとにもさきにもあんな苦しい嫉妬を味わったことはないですよ」と暗澹たる表情をされた。それは四十年前の出来ごとではなく、つい昨日のことのような切実感を伴い、まるで青年の述懐のようなまっとうさであった。

この時ほど金子光晴の真正直さ、立派さに打たれたことはない。それは二重の意味をもってこちらを打った。一つは女を争うという場におけるその真摯さと、もう一つは私という女の真正面からの、うろんな問いに、真正面から答えてくれたということだった。

はぐらかしも、おとぼけも、小癪なというせせら笑いもない。

日本の老人としては、まったく異質である。老人ばかりではない、青年、壮年の男たちを含めても、おどろくべき異質である。私は反省魔だが、自分を生意気と思ったことは一度もない、にもかかわらず男たちから放たれる有形無形の「生意気！」の矢に満身創痍である。金子光晴を語ろうとすることが、われにもあらず、なぜ日本男性攻撃へと傾くのだろうか？　このたびの、これは一つの発見だ。

金子光晴と話したことのある女性ならば、誰しも気づくことだろう、自分の身長と体重のありのままで、背のびも身をちぢめることもなく、魂の在りようも歪めないで、二ひねりも三ひねりもする必要もなく、さらさらと心のおもむくままにそれこそ天下国家のことから下世話なことまでいかなる話題でも語れるということを。

女へのこのような対応は、金子光晴という男性がその全人格において、自信に溢れている証なのだ。

＊

新谷行詩集『水平線』の序を金子光晴が書いていて「手を泥でよごす作品と、手をぽっぽに入れたままの作品がある。いい時代ならば、手を泥につっこむようなことはしないで書いたものを、作者も、読者も納得することができるが、今日のようにから約束の時代には、泥の味なしに、いたみ場所をさらさないで、人の心をつろうということはむづかしくなった」とあり、新谷行の解説でありながら、みずからをもまた良く明かしており、アッ！　と目の鱗が落ちた。

金子光晴の言葉の秘密——なぜあのように強い磁力を持っているのか、古いものでも、たったいま釣れたばかりのようにぴちぴち跳ねて、いつまでも干物にはならないのか、時代、世代、性別を越えての伝達力の強さ、鋭さはいったいどこからくるのか。「金子光晴の詩だけが、或る時期、唯一の読むに耐え得たものだ」ということは、多くの人が語っている。詩とはまったく無関係の人々も多いのだ。最近では女優の岸恵子が『絶望の精神史』を読んで「私の先生に対する尊敬の気持をお伝えしたくてまいりました」と、フランス語を直訳したような言葉で、テレビで語っていた。言葉数はすくなかったが、この人がよく金子光晴を理解していることを悟らせた。「手をぽっぽに入れたまま云々……」の一節は、長い間の疑問、わかったようでわからない、その言葉たちの秘密を、卒然とわからせてくれたのだった。

金子光晴には下降への意志——ひらたく言えば人間の底の底まで降りてゆきたいという願望があったのだ。いつごろから？　少年時に既にと言いたいが、青春前期ぐらいに、としておいてもいい。ごく初期の作品に〈持てるものの物憂さ〉を、ちらりと現わしている詩があった。養子先の金子家は、金持であり、寄席には買い切りの桝があり、行きたい時にはいつでも行って寝そべって観るという、特等席のある生活で、そういうところからくる倦怠感で、じりじりしていたのが見えるようなのだ。

養父が逝き、大正六年、遺産二十万円を受けついだのだが、これは今の貨幣価値に直すと四千万円ぐらいとも、いや億でしょうと言う人もあってよくわからない。ともかく二十三歳という若さで財産家になってしまったわけだが、その蕩尽ぶりがまた、尋常ではない。実父、親戚縁者に借り倒されたということもあり、鉱山に手を出して失敗したというにしても、二十三歳ともなっていれば、借金を断固、断ることも出来た筈である。

労せずして得た金銭は身につかずといってしまえばそれまでだが、この頃の金子光晴の金銭に対する態度は、ノンシャランというか、ルーズというか、古パンツでも脱ぎすてるようなあっけなさである。残り少なくなった時、第一回の外遊に出て、帰ってきたときには無一文になっていた。外遊費も含めて約三年間で消費してしまっている。ただごとならずである。

永井荷風は、自分の財産を守り、増やすことによって文筆家の自由をあがなったとも言える。これとても稀有のことではあるのだが、金子光晴は最初からその道を採らなかったわけで、そこに永井荷風以上の芸術家の稟質を見ずにはいられない。持てる物憂さをかなぐり捨て、ひりひりとそそけだつ生を手づかみにしたいという衝動は、どの程度意識的であったかはわからないが、初期にすでに内在していたと思う。

以後、関東大震災、森三千代との恋愛、結婚、乾の誕生と続くわけだが、否応なく赤貧洗うがごとしとなり、三角関係も起り、妻を捲きこんでの、或いは捲きこまれての第二回のヨーロッパ行となる。その頃を回想したものに「泥のなかに手をつっこまなければ小魚一匹つかめなかった。それがどんなにつらいことであったか」とあり、苦渋に満ちた道行は『どくろ杯』にもっともくわしい。

降りてゆく、墜ちてゆく、といっても金子光晴のそれは強いられたものではなく、他の手によってつき落されたものでもない。みずから選びとった主体的なものであったがゆえに「日本から弾き出された」という感覚はあったろうが、社会のしくみへの怨嗟は殆んど聞かれず、当時勃興期のコミュニズムにも走らなかった理由ではないだろうか。

日本脱出の契機は、三角関係（姦通罪）と、プロレタリヤ詩全盛で、自分のポジションを失った二点が挙げられているが、居づらいにしても、居て居られなくはなかったのであり、女の共有が流行した時代相であれば、似たような状況に居た人は、他にも沢山あったろうと思う。

第二回のヨーロッパ行きを思い立ったとき、或いはその途次で、降りられるところまで降りてやれ！　という下降への意志がはっきり出たのだと思う。妻子がありながらこういう蛮勇がふるえたのも、若い時金銭で苦しんだことがないということと対応するのかもしれない。

中国、東南アジア放浪の旅は、今までにも多く語られてきたが、パリ時代のことは伏せられたというか、触れられることすくなかった。そのために金子夫妻のパリ時代の、どん底生活の周辺から、いくつかの伝説が流布されている。それらの伝説は衝撃的で、人をしてたじろがせるに十分だが伝説の発生地帯に関して、現在、中央公論に連載中の「ねむれ巴里」はそのことを明らかにするかもしれないし、しないかもしれない。真偽のほどは、私にはどうでもいいことである。たださまざまのショッキングな伝説が流布される、そんな地点まで、人間解体すれすれまで、金子光晴が降りていったのだということを知れば足る。

降りていった人、墜ちていった人は沢山居る。もっと凄じい煉獄を他動的な力によって這わされた庶民も多かろう。けれどそこから浮上できた人は、一刻も早くそれを忘れたがり、そんな汚辱の経緯はおくびにも出さず秘したがる。金子光晴はそこが決定的に違っていた。下降の途次で視たもの、底で摑んだむき出しの「人間の原理」「人間の地金」「人間の解析」を、たっぷり時間をかけて反芻し、ゆっくりと吐き出したのだ。『IL』の母胎もまたそこであろう。原理というものは、しっかり摑めば、どんな応用問題も解けるということだろうか。それからの長い道程のなかで、それは精密な計算尺のように、伸縮自在、見事によく働いている。「堕っこちることは向上なんだ」（『人非人伝』）と語っているが、この断定的な言葉がずしりと重いのは、人のよく為しえない反語的世界を生き抜き、みずからが成就してしまったところからくるものだろう。

詩を書くためには降りてゆかねばならない、それが唯一のルートだ、などと言うつもりはない。第一「手をぽっぽに入れている側」の人間としては、そんなこと言えた義理ではないし、詩がそれだけで説明し尽くせるものとも思ってはいない。

けれど、環境も、体験も、絶望の質も異なる人々の胸に、まごうことなく達してしまう金子光晴の言葉の秘密の根幹は、降りて行ったことと関係を持ち、手をぽっぽから出して泥まみれになったことと、深くかかわっているのは否定すべくもない。

どこを切っても血の噴き出すような、生きて脈打つ日本語たち、それらは生きるか死ぬかの境目で、何か大きな犠牲とひきかえでなければ、到底獲ることのできないものだろうか？

……

子は知った。猿又なしでは
泥棒や乞食にもなれないと。
猿又なしでは、人前に
じぶんの死様もさらせないと。

子よ、貧乏なんか怕れるな。
岸づたひにゆく女の子を
水から首だけ出して見送る子よ。
かまはず、丸裸で追駈けろ。それが、君の革命なのだよ！

（「詩のかたちで書かれた一つの物語」）

安南国の伝説に仮託して書かれたこの詩にも、自画像は見てとれる。猿又までも盗まれて、すっぱだかになることが革命だったのであり、金子光晴らしく、あくまでもたった一人の革命だったのであり、あまりにも個人的事情によるそれでありながら、底深いところから他者をも鼓舞する声ともなろうとは！

はてなマーク　工藤直子の詩

私は工藤直子の詩が好きで、ファンの部に属する。

約二十年前から……今にいたるまでなのだから、ずいぶん長いほれぼれだったわけである。

第一詩集を頂いて、「すばらしい！」と礼状を書いたおぼえはあるけれど、どんなことを書いたかは、すっかり忘れてしまっている。

それから詩集を出すたびに送って下さって、手紙のやりとりが二十年間に、四、五回はあったのだが、ただそれだけで、お互いにあい逢うこともなく月日は流れた。

君子の交わりは淡々として水のごとし、か。

工藤直子というひとは、その作品自身の持つ力によって、私のなかに棲みつづけ、その詩の世界は、なにかしら、なつかしいものとして、春風のように私を誘いだしてくれた。

つまり、ときどきその詩集を読みかえしたのである。再読、再々読を促す詩集は、そう多いものではない。

今までは、ぼんやりと、きままに楽しんできたのだが、このたびは何ゆえよろしいか、ということを言語化しなければならない。むずかしいし、ちょっと勿体ないような気もするが、折しも晩秋、愚かな頭もなんとかかんとか冴える季節、ともかくやってみましょう。

工藤直子の詩の特質の第一は、健やかだということである。病んでいない。どういうものか、詩は、近代以降、病める精神の所産と思われすぎている。病的な神経が鋭く時代を摑むということはありうるけれど、これがパターン化されると厭になる。

病んでもいないのに、病んだふりする亜流も多いので、ますますまいる。

そういう現代詩の悪癖から、きれいに抜け出せているところが、なんといっても良い。

末摘花はえらいな

赤い鼻を気にかけながら
光源氏をまっている

健やかさと言えば、その書きかたもまた独特で、注文をこなすというふうにではなく、自分の書きたいときに書き、書きたくない時、書けない時は何年でも書かない。このなんでもない、当りまえのことが出来ている物書きもまた、そう多くはない。

そのために、この人の名は、詩人たちの間で、あまり記憶されてはいないらしい。雑誌類に書くこともめったになくて、大抵は自費出版の詩集として、無雑作にまとめられてきた。

題も『昭和三十七年―昭和四十七年』などと、さりげなくて、かえってそれがしゃれていた。

つい最近、私は『詩のこころを読む』(岩波ジュニア新書)という本を出して、その中で工藤直子の詩を二篇引用させて頂いた。「ちびへび」と「てつがくのライオン」である。いろんな手紙を貰ったが、こんないい詩人がいたのか、知らなかった! という反応が多くて驚かされた。ちょっと遅すぎますねえ。

昔から注目していたという人も、二、三人いたが、彼らはきわめて感覚のいい人たちだったから、我が意を得たおもい。

若い人たちが、工藤直子の詩をすっと受け入れ、おもしろがった手紙は、素直にうれしかった。「知る人ぞ知る」の人なのだが、もっと多くの人に読んでほしいという願いもあって、いい形での出版が待たれる。なにしろ五冊出された詩集は、それぞれ三百部限定で、残部もなく、現在、手に入れがたいのだから。

第二には、そのユーモア感覚の上等さがあげられる。特に動物たちがぞろぞろ現れる『三冊目の本』（一九六六）で、そのユーモア感覚は、まさに工藤直子一人のもの、という自在さと特徴をあらわしてきた。そもそも、このユーモアの源流はいずこならむ？　なにならむ？　謎は解けないけれど、もしかしたら、幼時から一人だけのさびしい時間をたっぷり持っていた人ではなかったのかしら？

この本は、作者の推定年令、三十歳の頃で、しかも女性で、驚いた人だなァ……とファン度はさらに高まり、ここに現れる、かたつむり、ロバ、海豚、くじら、ライオン、へび、猫、象たちをひどく愛してしまったのである。

ほんとを言うと、私は猫がにがて。嫌いというほどでもないが、好きでもない。猫にかぎらずほかの動物たちもまったく同じで、いわば異類、いぶかしいもの。「そちらはそちらで、うまくやって」というのが基本姿勢で、これらの異類としみじみ情《じよう》を交わしたという経験が一度もない。わずかにつながっているのは、庭に餌台をおいて勝手きままに食べてもらっている野鳥とだけ。

それなのに、工藤直子の動物の世界には、すっと入ってゆけて、導かれて、かれらの心情にぴたりと触れえた。

はてな？　である。

なくなった志ん生も動物を語ると絶品の人で「権兵衛狸」「王子の狐」など、いまだに忘れられず、人語を語る動物たちに、ふしぎなリアリティとユーモアがあったっけ。

工藤直子の動物たちの言葉にも、そっくり同じことを感じるが、ただ志ん生の方のは、狐といえど暮しの苦渋が濃く滲みでて世帯やつれが目立ち、かたや工藤直子の方のけものたちは生活の垢を身につけていず、もっと無垢である、という違いはあった。

いずれにしても、人間の勝手な思い入れや解釈や翻訳ではなしに、なにかもっと同格のいきものの言葉。仮にも日本語で形を与えたら、これ以外にはないというズバリ性で、読み手をぞくぞくさせてくれる。

いきおい第三には、日本語の語感の良さをあげないではいられない。擬音のうまさ、会話させる術の、なんともいえない洗練度。日本語の質の良いヤツばかりが喜々として、連れだって、彼女のもとへやってくるのか？　とさえ思われる。書くときには、それなりの苦しみがあるはずだが、大層らくらくとたのしみながら書いているふうにみえる。日本語の語感がいい、ということは詩人の第一条件の筈だが、この第一条件がずばぬけていると感じられる詩人は、目下、五人くらいしかいなくて、私の中で工藤直子は、その中の一人の位置を占めている。

宮沢賢治の童話を読んだ人は、その日本語の語感の卓抜さに打たれずにはいられない。内容、思想の深さもさることながら、それを伝えることばがぴちぴちしていなかったら、オジャンである。

工藤直子の最近作「猫はしる」は傑作で、昔より、更に深味を増した。よみながら、なぜか私は宮沢賢治をしきりに思い出していた。宮沢賢治の作品から受ける感動と同質のものを、久方ぶりに味わったからである。

もしかしたら、工藤直子は宮沢賢治に迫りうる人かもしれない。そうあってほしい。

どちらから言い出すともなく、一度会いたいということになり、つい最近、築地でお目にかかることができた。築地の裏通りを案内してもらって、ぶらぶら歩いているとき、粋な黒塀の家の玄関先に猫がいた。工藤さんは猫の眉間と鼻さきの間あたりをツイとなでて通りすぎた。猫は「ナンダヨオ」と言ったような気がしたが、彼女はもっと別の会話を果したのかもしれなかった。

お互いに作品を通して知っていたせいか、初めて会った気がせず、打ちとけて、そば屋に入りマス酒をのんだ。

塩やそばを肴に一合マスでひや酒をグイと呷るのは豪快で、いなせな兄ィ、やけのやんぱちの芸者のイメージだが、私たちは女二人といえども、あられもなしとは正反対に実に優雅にのんだのである。工藤さんは三合のんで、いささかも乱れず、ゆったりした口調もなんら変調をきたさず、語り去り語りきたった。

いい女っぷりのひとである。

「それが私には〈はてなマーク〉なんです」という言葉が二度ほど出た。〈?〉を〈はてなマーク〉と訳したひとに初めて会った。

ひかる

わたしは　だんだん
わからないことが多くなる
わからないことばかりになり
さらにさらに　わからなくなり
ついに
ひかる　とは　これか　と

はじめてのように　知る
花は
こんなに　ひかるのか　と
思う
（阿手《あて》詩集より）

中年にいたって、こんなにみずみずしい詩が書けるとは、読者にとっても〈はてな?〉であり、手紙では中年ヒッピイと書かれていたが、会ってみればヒッピイから連想されるじだらくさはどこにもなく、みずからを律するのは厳しいひとにみえた。その生きかたも、家族観も、アッ！　と驚くほどユニイクで、この日本で、こんなふうに生きられる女性もいたのか……しかも何の衒《てら》いもないのだ。？　？　？こちらのほうこそ〈はてなマーク〉の連続だった。
その作品「かたつむりとロバ」の、かたつむりの日記を、もじって書けば

じゅういちがつ　じゅうにじゅうににち　はれ
きょうは工藤直子と　にさんはなした
ゆういぎだった　それから眠った

となる。その余韻はまだつづいている。

推敲の成果

書評『山之口貘全集』全四巻

山之口貘全集四巻が完結した。

彼が逝って十三年後になるわけで、全集の出かたとしてはかなり遅いわけである。もう十年前になってしまったが、私は中学生むきに『うたの心に生きた人々』という、四人の詩人の伝記を書き、その中の一人に貘さんを選んだ。この本はあちこちの中学校の図書館に納っているらしく、ときたま貘さんに関する質問などがくる。最近彼の詩を愛する若者が大層増えていることに、ほんの僅かな水先案内くらいの役目は果せたのかな……とうぬぼれかかることもあるのだが、そんな筈はないと自分に言いきかせる。読まれはじめたのは山之口貘の詩の持つ、本来の力によってであると。

私が貘さんの伝記を書いたときは、資料を集めるのに苦労し、山之口家の方々の協力なしには到底書きあげられなかった。その時、痛切に一望のもとに見られる散文も含めた全集を渇望したのだったが、やっと今、その望みがかなえられたわけである。山之口家の資料保存状態は実にきちっとしたもので、貘さんに関するスクラップブックなど嘆声を発したほど綿密で美しかった。夫人と、ミミコこと泉さんの並々ならぬ愛情の深さをも感じた。今回も山之口家の資料を元に編纂されたであろうから、はぼ完璧と言っていい全集と、私は信じることができ、こういう落ちついたいい形で完結したことを嬉しく思っている。

さて、この短い枚数のなかで全集四巻について、どう書いたらいいものか。山之口貘の作品から触発されるものは多様なので、あれもこれもに触れるとあぶはちとらずになりそうだから、彼をして彼たらしめた一つの魔「推敲」に焦点をしぼってみよう。

短い詩一篇を書くのに百枚、二百枚の原稿用紙を屑として捨ててしまうことはざらで、精神科医からあれはパアではないか？　と言われたという――これまた「ひそかな対決」という一篇の詩になっているのだが、それが伊達や粋狂で為されたものでないことを、言語表現に少しでも苦労したことのある者ならばただちに見破れる筈である。日常語、俗語がふんだんに使われ、実に鼻唄まじりというふうな軽味を持っているのだが、言葉の位置の確かさは動かしようもなく「定まれり」なのだ。

あれを読んだか
これを読んだかと
さんざん無学にされてしまった揚句
ぼくはその人にいった
しかしヴァレリーさんでも
ぼくのなんぞ
読んでない筈だ

この七行の詩は山之口貘の面目躍如で、日本人離れのした発想である。ふつうなら、なんとかもっと肉づけしたくなるところだが削りに削ってこれだけ。にくらしいことに否も応もなく詩になっている。気宇壮大、とぼけた面白味があり、敢えていえば洗練された男の色気のようなものすら感じる。日本的情緒は全面的に排除されているにもかかわらず……。そしてこれらの特徴はほぼどの詩にも共通である。

エッセイ類を読むと、夜間しばしばうなされ小さな部屋に共寝している妻子をけとばしかねず、妻子が懸命にゆり動かして悪夢から覚めさせるということ多く、詩が難航している時、特にひどかったということが随所に出てくる。なんともはや身心ともの大格闘であったことがわかるが、「博学と無学」もこの七行に定まるまで、どれほどの迷路を行きかったかと思う。

一つには沖縄出身ということもあって、共通語を使って書く困難とも重なりあっていた。一巻に初期詩篇という未発表の熱い恋唄が載っていて、紛うことなくここにも貘さんが居ることを嬉しく感じさせてくれながら、その日本語はいかにもたどたどしく、後年の精練に到るまでの長い道のりをしのばせてくれた。

推敲という美徳は、現在まったくはやらないらしく、一気呵成に書きとばし、あとは顧みないという作品が大半を占めている。こういう天才の真似事作品は、こらえて一読はするものの再読する気は起らず、あとは屑よりも仕末がわるい。良い作品であっても「ああ、ここが惜しい!」とひとごとながら残念がったりするのは大抵いい気になりすぎて流れてしまった個所である。そういう現代の風潮に対して山之口貘の全作品は、強い批評として作用する。彼の作品は折々に読みたくなるし、馬齢を重ねるにつれて、一見さりげな風を装っているその作品のしたたかな味わいは濃くなりまさってゆく。

推敲、是か非かということは時々問題になったりするが、推敲をしてかえって駄目になるならば推敲のしかたがどこかおかしいのだと貘さん自身言っていて、詩が生まれた瞬間のみずみずしさはけっして損わずに、それを能うかぎり突っぱなして動かしようのない完成に持ってゆけた彼は、推敲の本質をよく摑んでいたのだと思う。枚数なんかは問題ではない。

この全集で初めて接した散文も多かったが、彼の同時代人の中原中也、金子光晴、高村光太郎とおぼしき人、彼らに触れた文章など、短いが、尨大な研究も色を失うような鋭さがあって、ドキッとさせられる。遠近感覚の良いところ、推敲の操作の働いているところ、詩も散文もなんの違いもなかった。

詩にも散文にも嵌め込まれている彼の言語論――言語論というほどムキになってはいないが――は、まったく正鵠を射ていて、なんの古びも感じさせないどころか、今日書かれたばかりのように新鮮だ。特に言語ひとつにもある日本人の島国根性、事大性を衝いているところは胸のすく思いで、山之口貘に「同感！」と伝えたくて仕方がない。

止めの一撃は写真である。写真は二葉入っているが、晩年のそれは実にいい。この世の俗悪を見尽して、尚シンと澄んでいる顔である。研ぎすまされ、ふやけたところの少しもない顔を見ていると、期せずして彼は顔をも推敲しつづけたのではあるまいか？　と思われてくる。感じ入って眺めてからは、私は朝夕、鏡を見るのが厭になってきた。顔の推敲の難しさは、詩以上であるだろう。

生前のひょうひょうとした風姿の残像がまだあるので、ひどく気易く「バクさん」

と人は呼びならわし、その詩もまだどこか軽くみているようなところがあるが、日本の詩歌の伝統とも、沖縄の詩歌の伝統とも、どうも切れているらしいまったくのユニイクさ、すばらしい日本語で書いたから日本の詩人であることは間違いのない不思議さ、おどけの裏にかくされた詩人としての凄味、それらがもう少し鮮やかに捉えられるようになるには、まだ相当の歳月を要するのかもしれない。

内省

中島敦の「山月記」には、虎になってしまった詩人が現れる。虎になっても、かつての詩作の習慣忘じがたく、堂々と漢詩を朗詠する。かつての友人は、それを山中で聴き、感心しながらも「彼の詩には何かが欠けている」と感ずる。まったく身につまされる虎なのだ。

微細にして、重大な、何かとは何か？

何かが欠けているという感じは、戦後の詩をずっと読んできて、私の頭を去来してやまないものでもある。

全体性を志向すれば、個人の肉声が欠ける。

個人の肉声を認めうるものは、普遍性を欠きがちだ。

端正であればヴァイタリティに乏しく、ヴァイタリティがあれば、支離滅裂だ。

繊細さがあれば力に乏しく、力があれば粗雑である。

真摯さを感じさせるものは遊びがあまりに無さすぎ、遊びがあれば、いい気さがくっつきすぎる。

憂愁あれば華やぎに乏しく、華やぎあれば陰翳がひどく足りない。

しっかりした詩は魅力に乏しく、魅力あるものは、これ、ふにゃふにゃ。

観念を突出させたものは錆の早いこと格別で、テレビアンテナふうである（そんな筈はないのだが）。

日常を大切にしたものは洗練に至りがたく、洗練されたものは、生活を犠牲にしすぎる。

しゃれたつもりが野暮の骨頂で、粋よと見えた時には、時代錯誤が目立ツンだ。

喝采を期待するの心は詩を卑しくし、自己顕示欲を殺しすぎると、詩もまた衰亡してゆくかのごとくである。

外国詩に堪能の人は、肝心の日本語のほうが「ぎっくり腰」で、日本語に堪能の人は、外国の詩に鈍感にすぎる。

万感の書を読み千里の道を行くのはいいのだが、こと初志に反して、その間に本人の感受性のほうが干からび硬化してゆくのは困惑の眺めである。

学ある人は、それを大きく忘れることができず、学なき人、またべんべんと自己模傲におちいりがちだ。

憤りの詩は、なかなか根源に達せず、笑いの乏しさ、哄笑の皆無も気になってならないところである。

他人の思想をなぞるのではなく、ゆえしらず自己の内部に蕨のごとく頭をもたげてくるものを執拗に追い、自己の思想と言いうるものに育て得た詩人は、指おりかぞえて、五指に満つか？

これらはすべて、私自身の内省にもつらなる。

詩とはなんとややこしいものか。

これらの相反するようにみえることどもは、一人一人の詩人のなかで、ひしめきあい統合されてゆくものだと思うのだが、そうはなっていず、内科、外科、婦人科と分れるように、それぞれの専門分野にとどまって動かないようにみえるのも具合のわるいことである。

戦後の詩も二十六年を経たが、依然として痩せているとの感は否めない。批評家や読者が、戦後の詩を評価してくれるのは嬉しいことなのだが、事実、客観的にみて飛躍的に成長した面もあると思うが、現在書いている進行形の当人たちが、そのつもりになって浮かれていては困るのである。

何かが欠けているどころか、大きく欠けているものに対しての痛覚が、もっと欲しいと思う。特にこれから詩を書こうと欲する人々は、そのことに更に敏感でなければならないだろう。

欠けることなき満月のような円満具足の詩を読みたいとも、書きたいとも思っているわけでは、けっしてない。しかし、技術的なことだけでなく、欠けているものを埋めようという、本能的な衝動なくして何の詩ぞやと言いたい。

この短文も少々いい調子で流れすぎてしまったか。

あとがき

「言葉に関して書いたものが、だいぶ散見されるようだから、この際、一冊の本にまとめておきませんか」とすすめてくれたのは、花神社の大久保憲一さんである。雑々とした文章のなかから、これだけを選び出してくれたのも彼であり、「本になるものかしら？」と迷い、しぶるのを、うまく誘導してくださって、気がついたとき私は校正刷りに赤鉛筆を入れていた。

花神社は生まれたばかりであり、そこの若いひとびとによって、この企画がたてられ進行したことは私にとってうれしく、ありがたいことであった。

題は『古事記』のなかの唄

木の葉さやぎぬ　風吹かむとす

から採った。謀反をそれとなく知らせた俗謡として知られているが、どこでどう間

違えてしまったのか、つい昨日まで

言《こと》の葉《は》さやぎぬ　風吹かむとす

と思い込んでしまっていた。不穏の空気あり、ということを「言の葉さやぎぬ」と捉えた古代人の感覚は凄いと感心していたのだが、思い込んだら命がけ、もしかしたら元の形は「言の葉」だったのでは……なんて馬鹿なことを考えている。

間違えたままのほうを使っての、もじりということになる。

内容のほうは不穏の空気を促す妖気に、まったく欠けているのだが、ただ、ことばの悪葉、良葉ふくめて、もっともっと溌剌と、颯々とさやいでほしいという願いは、ずっと持ち続けてきたものなので〈さやげ〉は命令形ではなく、〈さやげよ〉という願望形のつもりであり、祈りの呪文のようなものである。

一九七五年九月

著　者

◉解説――

言葉と沈黙

小池昌代

「言の葉さやげ」とは、「言葉よ、ざわざわと音たててざわめけ」という意味である。「あとがき」を読むと、このタイトルをめぐって、興味深いエピソードが綴られている。由来となったのは、『古事記』中巻にある伊須気余理比売《いすけよりひめ》の次の歌謡――「狭井《さゐ》河《がは》よ　雲たち渡り　畝傍《うねび》山《やま》　木の葉さやぎぬ　風吹かむとす」。

調べてみるとこれは、神武天皇の皇后・伊須気余理比売が、先夫とのあいだに生まれた子らを現夫が殺そうとしているのを知り、彼らに危険を知らせようと詠んだうちの一首、実に暗号のような、不穏な歌なのである。

ところが茨木のり子は記憶のなかで、「木の葉さやぎぬ」を「言の葉さやぎぬ」と思い込んでいた。その記憶違いのほうをとって、本書のタイトルにした、ということらしい。

私は昔から、なぜ、言葉には〝葉〟の一字があるのか、気になってならなかったので、この詩人の思い違いを興味深く受け止めた。言葉というもののふるまいは、これは抽象的な意味だが、どうも木の葉の態様とよく似ている。命を得たように風に舞い、翻り、反り返り、思いがけないところへ着地する。間違いと言われてもなお、私にはこのエピソードが、言葉の起源に触れているような気がしてならなかった。

茨木のり子は、意味の通った明晰な詩を書いたが、自分の記憶違いや読み間違えを、時々、詩にしている。たとえば「花の名」(『鎮魂歌』)では、「泰山木《たいざんぼく》」という花の名を人に告げた、だいぶあとになって、あれは「辛夷《こぶし》の花ではなかったかしら」と後悔し、「四月のうた」(『人名詩集』)という詩では、身近な人の笑える勘違いを列挙したあと、自分もまた、失望を〝しっぽう〟と読んで「恬《てん》として恥じなかった」ことを加えている。こんな間違いなら、したほうが面白いし、実際、茨木さんも自分の間違いを面白がっているようだ。間違うことは人間の習慣といってもいいくらいのものだけれど、この詩人が、こうしたわずかな間違いを忘れずにいて、記憶の保管庫に眠らせ、やがてそれを取り出しては、杭でも打ち込むような正確さで、さりげなく作品化したことは、興味深い。茨木のり子には常に、背筋が伸びた正しい人というイメージがあるが、本当のところはどうだったのだろうか。実は自分を実験台に、間違い(詩の発酵種となるような魅力的なつまづき）を密かに待ち望み、罠をかけてでも、それを呼び込もうとはしていなかったか。間違いによって、自分を揺らし、世間で言う正しさのようなもの、通念になっているようなものに揺さぶりをかけたかったのではないだろうか。

この本には、言葉をテーマとしたエッセイが収録されている。前半には、暮らしのなかの言葉の様相を批判的に見つめる文章が並び、茨木のり子の、厳しくも率直な叱声が聞こえてくる。後半に至ると今度は一転、愛読してきたという詩人論が並ぶ。好きな詩人に寄せる言葉は熱く、茨木のり子の内面には、鬼と愛情深い仏とが同居していたのではないかと感じさせる。ちなみに茨木という筆名は謡曲「茨木」から取られたそうだが、このなかで語られる茨木童子は、まさに「鬼」。このことを私は対談で、井坂洋子さんから教えられた。重要な指摘である（文藝別冊『茨木のり子』）。

それにしても、本エッセイ集が、茨木の生母・勝さんのお国言葉についての一文、「東北弁」から始まるのはうれしいことだ。茨木のり子は良き耳を持った人で、五十歳から朝鮮語を学び、素晴らしい訳詩集を刊行したことはよく知られている。方言についても耳と心が開かれていて、父同様、母の東北弁を愛していた。ただ、年表によれば、この母は、茨木が十一歳のとき亡くなっている。二年後、二番目の母を迎えるわけだが、思春期の少女が母をなくすということ、どれほど大きな欠落であったろうと想像する。茨木は、公私を分けた分別の人だったから、私事の事件はあまり書かなかった。けれども父は、前述した詩「花の名」などにも登場していて（ただし遺骨となって）、鮮やかなイメージを読者に残している。それだけに、母の言葉に光が当てられた一文を、私は貴重なものと思う。ここには勝さんが、自国訛に「びっくりするような劣等感」を持っていたエピソードも記され、読んでいて、こちらの感情も沸騰する。それを含めて忘れられない文章である。

後半の詩人論は愛に満ち、どれも正攻法にして過不足がない。特に、「金子光晴」において、批判も多かった『若葉のうた』を評価し、戦時下、国家権力によって家族がばらばらに解体されそうになったときも、「（金子の家族は）おそるべき力で結束した」と指摘している点、ユニークである。新しい戦前になるんじゃないかとタモリが言った、その二〇二三年もあと少しで終わろうとしている。私は今、ここに残された言葉とともに、茨木のり子が遺した大きな沈黙を感じている。厳しい批評でもある沈黙である。

（詩人・作家）

◉初出一覧―――

Ⅰ

東北弁（＊　書き下ろし）
京ことば（原題＝京言葉『婦人公論』1970年3月号）
「させる」と「使う」（原題＝日常のなかの不服従『思想の科学』1970年10月号）
「戒語」と「愛語」（＊　講座おんな・6『そして、おんなは…』筑摩書房、1973年7月所収「女がつかう言葉」より）
清談について（＊　同上）
まあ どうしましょう（原題＝自分の言葉をもとう『東京新聞』1973年6月）
語られることばとしての詩（＊＊　山本安英の会編『日本語の発見』未來社、1969年5月）
美しい言葉とは（＊　『図書』1979年3月号）

Ⅱ

詩は教えられるか（『国語の教育』1971年8月号）
私の好きな三月の詩（『図書』1968年3月号）
谷川俊太郎の詩（＊　原題＝谷川俊太郎・一九七三『現代詩手帖』1973年6月号）
井伏鱒二の詩（＊　『ポリタイヤ』1971年冬号）
金子光晴――その言葉たち（＊　『ユリイカ』1972年5月号）

†

はてなマーク――工藤直子の詩（『猫の手帖』1980年3月号）
推敲の成果――書評『山之口貘全集』全四巻（『現代詩手帖』1977年4月号）
内省（『ユリイカ』1971年12月号）

本文庫は、茨木のり子『言の葉さやげ』（花神社、1975年11月刊）を底本にした。＊印は、茨木のり子集『言の葉・2』（ちくま文庫、2010年刊）に、＊＊印は、同『言の葉・1』（同）にも収録された。また、「はてなマーク」「推敲の結果」（『文藝別冊・茨木のり子』小社、2016年刊）、「内省」（単行本未収録）は今回の文庫化に際し新たに増補した。

言《こと》の葉《は》さやげ

二〇二三年一二月一〇日　初版印刷
二〇二三年一二月二〇日　初版発行

著　者　茨木《いばらぎ》のり子
発行者　小野寺優
発行所　株式会社河出書房新社
〒一五一 - 〇〇五一
東京都渋谷区千駄ヶ谷二 - 三二 - 二
電話〇三 - 三四〇四 - 八六一一（編集）
〇三 - 三四〇四 - 一二〇一（営業）
https://www.kawade.co.jp/

ロゴ・表紙デザイン　粟津潔
本文フォーマット　佐々木暁
本文組版　株式会社ステラ
印刷・製本　中央精版印刷株式会社

Printed in Japan　ISBN978-4-309-42071-4

異体字の世界　旧字・俗字・略字の漢字百科〈最新版〉

小池和夫　41244-3

常用漢字の変遷、人名用漢字の混乱、ケータイからスマホへ進化し続ける漢字の現在を、異形の文字から解き明かした増補改訂新版。あまりにも不思議な、驚きのアナザーワールドへようこそ！

はじめての短歌

穂村弘　41482-9

短歌とビジネス文書の言葉は何が違う？　共感してもらうためには？「生きのびる」ためではなく、「生きる」ために。いい短歌はいつも社会の網の目の外にある。読んで納得！　穂村弘のやさしい短歌入門。

教科書では教えてくれない　ゆかいな日本語

今野真二　41653-3

日本語は単なるコミュニケーションの道具ではない。日本人はずっと日本語で遊んできたと言ってもよい。遊び心に満ちた、その豊かな世界を平易に解説。笑って読めて、ためになる日本語教室、開講。

日本語　ことばあそびの歴史

今野真二　41780-6

日本語はこんなにも、愉快だ！　古来、日本人は日常の言語に「あそび心」を込めてきた。なぞなぞ、掛詞、判じ絵、回文、都々逸……生きた言葉のワンダーランド、もう一つの日本語の歴史へ。

現古辞典

古橋信孝／鈴木泰／石井久雄　41607-6

あの言葉を古語で言ったらどうなるか？　現代語と古語のつながりを知るための「読む辞典」。日常のことばに、古語を取り入れれば、新たな表現が手に入る。もっと豊かな日本語の世界へ。

戦国の日本語

今野真二　41860-5

激動の戦国時代、いかなる日本語が話され、書かれ、読まれていたのか。武士の連歌、公家の日記、辞書『節用集』、キリシタン版、秀吉の書状……古代語から近代語への過渡期を多面的に描く。

伊藤比呂美の歎異抄

伊藤比呂美　41828-5

詩人・伊藤比呂美が親鸞の声を現代の生きる言葉に訳し、親しみやすい歎異抄として甦らせた、現代語訳の決定版。親鸞書簡、和讃やエッセイとも小説とも呼べる自身の「旅」の話を挟んで構成。

ことばと創造　鶴見俊輔コレクション4

鶴見俊輔　黒川創〔編〕　41253-5

漫画、映画、漫才、落語……あらゆるジャンルをわけへだてなく見つめつづけてきた思想家・鶴見は日本における文化批評の先駆にして源泉だった。その藝術と思想をめぐる重要な文章をよりすぐった最終巻。

書くこと

瀬戸内寂聴　41909-1

作家として立つまでの愛の軌跡、文壇との格闘、小説を書くことの苦しみと喜び、文学への限りない情熱。恋と文学に生きた著者が歓喜と幻滅の切実な体験を見据え、書き、生きることの奥深さを描くエッセイ。

小説の聖典《バイブル》　漫談で読む文学入門

いとうせいこう×奥泉光＋渡部直己　41186-6

読んでもおもしろい、書いてもおもしろい。不思議な小説の魅力を作家二人が漫談スタイルでボケてツッコむ！　笑って泣いて、読んで書いて。そこに小説がある限り……。

本を読むということ

永江朗　41421-8

探さなくていい、バラバラにしていい、忘れていい、歯磨きしながら読んでもいい……本読みのプロが、本とうまく付き合い、手なずけるコツを大公開。すべての本好きとその予備軍に送る「本・入門」。

読者はどこにいるのか

石原千秋　41829-2

文章が読まれているとき、そこでは何が起こっているのか。「内面の共同体」というオリジナルの視点も導入しながら、読む／書くという営為の奥深く豊潤な世界へと読者をいざなう。